Katja Behrens

Salomo
und die anderen

Jüdische Geschichten

S. Fischer

© 1993 S. Fischer Verlag GmbH, Frankfurt am Main

Umschlaggestaltung: Buchholz/Hinsch/Walch

Satz: Stahringer, Ebsdorfergrund

Druck und Einband: Clausen & Bosse, Leck

Printed in Germany

ISBN 3-10-046309-9

Inhalt

Alles normal

*D*ie ganze Welt habe ich bereist und bin es doch nicht losgeworden, dieses Gefühl, untertauchen zu müssen. Da hilft kein gutes Zureden: Hab nichts zu verbergen, längst nicht mehr, kann mich sehen lassen.

Sehen lassen konnten wir uns auch, als ich klein war. Es durfte bloß niemand wissen, *was wir waren*. Was ganz Schlimmes. Worin das Schlimme bestand, wußte ich nicht, nur, daß wir nicht waren wie die anderen in dem Dorf, in dem wir überlebten. Daß wir nicht dazugehörten, spürte ich schon, bevor ich sprechen lernte, einen charmanten Dialekt mit Singsang und rollendem R.

Den Dialekt verlernte ich nach der Rückkehr in das Land, in dem wir eigentlich hätten vergast werden sollen. Das Gefühl der Nichtzugehörigkeit blieb.

Etwas war nicht richtig mit uns, nach wie vor. Trotz Gebet, bin klein ... Herz rein ... niemand drin wohnen als Jesus allein. Trotz Federball und Freundinnen, Heidi und Toxi, *ich möcht so gern nach Hause gehn, ay ay ay, die Heimat möcht ich wiedersehn*, trotz Winnetou und Tanz-stunde, Petticoats und Harry Belafonte. Wie alle anderen. Aber die anderen schlugen sich nicht herum mit irgendwelchen Leuten, an die ich mich nicht mehr erinnern kann, die Namen ver-gessen, die Gesichter, alles. Nur nicht, daß es um die Millionen ging, ob es sechs waren oder nicht. Ich schlug mich wild herum, half aber nichts, die Heftigkeit. Sie ließen sich nicht überzeugen.

Es dauerte lange, bis ich begriff, daß reden nichts nützt. Waren doch Menschen, dachte ich. Mußten fühlen. Mitfühlen. Entsetzen fühlen. Ta-ten es aber nicht. Waren nicht sechs Millionen, sagten sie, und ich sagte, ist ja auch egal, selbst wenn es wirklich nur vier –, und sie sagten, das macht aber einen Unterschied, buchhalterisch sagten sie das.

Es gehört zu meinem Erbteil, wie die Sommer-sprossen, der Eigensinn und die Nase. Heute weiß ich das. Aber damals dachte ich, ich könn-te es irgendwie rückgängig machen, Mutters Dableiben und Ducken, die Brille abnehmen vor der Tür irgendeiner Amtsstube mit Führerbild überm Schreibtisch, nichts mehr sehen, aber die Brille abnehmen, *weil sie das Jüdische noch unterstreicht*. Ich dachte, ich könnte das Fortgehen nachholen, sozusagen stellvertretend für die, die geblieben waren, stellvertretend und rückwirkend, denn es war ja nicht mehr notwendig, jedenfalls nicht überlebensnotwendig, *abgeholt* wurde nur noch zur Tanzstunde, und Mutter bekam eine sogenannte Wiedergutmachung, wenn auch der Blick weiter am Boden haftete, keine Rede von aufrechtem Gang. Kopf gesenkt bis zum Schluß, immer tiefer, ob aus Scham über die Nase oder aus Scham, überlebt zu haben, blieb ihr Geheimnis.

Das Fortgehen nachholen und endlich nicht mehr unter Rechtfertigern sein, unter Schweigern, Spießumdrehern, Nichtsmitzutunhabern, Vergessenwollern, einmal nicht mehr da, wo man etwas »bis zur Vergasung« tut, Brote schmieren, rechnen, Flöte üben, »bis zur Vergasung«, nicht nur *man*, auch der Aufrechte, der Bemühte, der Wohlmeinende, der Freund und selbst das eigene Hirn, das nachplappert, und nur der Mund daran gehindert werden kann, es auch noch auszusprechen. So oft gehört, von klein an, seitdem ich denken kann, schon ganz sinnentleert. Sinnentleert, aber normal.

Was willst du, das ist doch ganz normal, sagte meine Freundin. Aber empörte sich über die Bilder von Leichenbergen in einer Illustrierten. Es waren die Fünfziger Jahre. Kinder könnten das sehen, sagte meine Freundin. Als wären diese nackten, ermordeten Menschen etwas Säuisches, vor dem man die Kinderseele schützen muß.

Ich ahnte, daß aus dem Mund meiner Freundin ihre Mutter sprach, die eine ganz normale Frau war.

Man soll die Vergangenheit endlich ruhen lassen, sagte auch ihr Mann.

Das war ganz normal damals, die meisten dachten so.

Wir waren diejenigen, die nicht normal waren, in unserer normalen Stadt, in unserer normalen Straße, die bewohnt war von normalen Menschen.

Da gab es zum Beispiel einen unauffälligen, gewöhnlichen und geachteten Mann, von dem es bei uns zu Hause hieß, er habe *Dreck am Stekken*. Damals wußte ich nicht genau, was ich mir unter *Dreck am Stecken* vorstellen sollte.

Der Mann lebte mit seiner Familie in einer schönen alten Villa auf dem Berg.

Unter falschem Namen, sagte meine Mutter. Das weiß doch jeder.

Die Geburtstagsfeste seiner Tochter waren etwas ganz Besonderes. Einmal war auch ich eingeladen. Der Mann tanzte mit mir. Es war das erste Mal, daß ein Mann mit mir tanzte. Ich glaube, er war Schneider. Sein Anzug war aus feinem Tuch. Das fiel mir auf. Sonst nichts. Ein normaler Mann. Besonders an ihm war nur, daß er der Herr in dieser schönen Villa war. Ihn zu fürchten lag mir fern. Und auch er dachte sich wahrscheinlich nichts dabei, ein Mädchen im Arm zu halten, das er als Säugling vielleicht an die Wand geknallt hätte. Oder lebendig der toten Mutter hinterhergeworfen in die Grube. Das war vorbei, war Arbeit gewesen, schmutzige Arbeit, aber hatte sein müssen.

Ein netter Mann. Er zeigte mir den Schritt, Schieber oder Foxtrott. Ich kam nicht mit, trampelte ihm auf den Füßen herum, schämte mich. Dauernd schämte ich mich wegen irgend etwas, damals in den Fünfziger Jahren, in denen alle normal waren, nur ich nicht. Heute weiß ich, daß auch das normal ist: Es sind die Getretenen, die sich hinterher schämen, und nicht die getreten haben.

Irgendwann in den ersten Monaten nach unserem Einzug in die Straße der normalen Menschen klingelte eine fremde Frau bei uns. Wollte mal raufkommen. Nur so. Jemanden sehn, der im Kazett gesessen hatte. Normale Neugier. Es war ein Gerücht, das in der Straße umging. Wäre ja auch normal gewesen, wenn wir im Kazett gesessen hätten. Mutter stritt es ab, als wäre es eine Schande. Hätte längst wissen müssen, daß es keine Möglichkeit mehr gab, ein normaler Mensch zu sein. Schwärmte trotz allem immer mal wieder von einer Nasenoperation. Einer Operation, die die Wonnen der Normalität bringen würde. Wenn schon nicht mehr ihr, dann wenigstens mir.

Als sie endlich ihre *Wiedergutmachungsrente* bekam, wollte sie mir davon ein Stupsnäschen bezahlen. Ich verzichtete auf das Stupsnäschen und ging weg, ins Nasenland.

Ich blieb zwei Jahre und kam zurück.

Nichts hatte sich geändert.

Sie sind gebildet. Sie sind fortschrittlich. Sie sind furchtbar nett. Wir haben zusammen für den Frieden geschwiegen und sind zu Ostern marschiert.

Und dann kommt plötzlich so ein Satz –

Aber handeln tun sie gerne. Das muß man sagen. Liegt ihnen im Blut.

– oder ein Schweigen. Ein Wort, das an Verfolgung, Vertreibung und Vernichtung erinnert, und schon macht sich ein Schweigen breit, ein peinlich berührtes, unter den mir eben noch nahen Menschen, ein Schweigen, das mir sagt, du bist ins Fettnäpfchen getreten. In der Stille wird die Kluft zwischen uns offenbar.

Es zeigt sich immer mal wieder. Bei einem gepflegten Abendessen in der Stadt oder an einem lauen Sommerabend bei Wein und Oliven.

Zikadenzirpen und ein Gespräch über Musik. Der Mann war in meinem Alter. Ein deutscher Kirchenmusiker, feinsinnig. Hatte ein bißchen was getrunken.

Um es in der Musik zu etwas zu bringen, sagte er, muß man entweder Jude sein oder schwul.

Ich sah die blauen Äderchen unter seinen Schläfen pochen und dachte, ich hätte nicht richtig gehört.

Doch doch, sie sitzen schon wieder überall drin, halten alle Schlüsselpositionen besetzt. Was? Alle vergast? Eben nicht. Schanzen sich gegenseitig die guten Posten zu, wenn ich es Ihnen sage.

Ich sah die blauen Äderchen unter seiner Alabasterhaut.

Nachdem das Weggehen nicht geholfen hatte, versuchte ich es damit, der Vergangenheit ins Auge zu sehen.

Lassen wir die Vergangenheit ruhen, sagte mein einstiger Klassenlehrer, als ich ihn besuchte oder besser: aufsuchte.

Er unterrichtet noch immer an derselben Schule. Ergraut. Sonst ganz der Alte. Das glatt zurückgekämmte Haar. Die zu kleine, nach oben weisende Nase. Die sardonischen Augenbrauen.

Ich hatte angerufen und war erstaunt, daß seine Stimme klang, als wäre er ein Mensch, auch bloß ein Mensch, ein ganz normaler. Von dem, was ich in Erinnerung hatte, war dieser Stimme nichts anzuhören.

Im Treppenhaus roch es nach Putzmittel. Ich sah ihn in der nur einen Spaltbreit geöffneten Tür, sah die ausgestreckte Hand, und einen Moment lang war es wie einst.

Dann merkte ich, daß sich etwas geändert hatte.

Da war kein Finger mehr, der höhnisch auf mich wies. Nur die Frage, ob ich den Weg gut gefun-

den hätte, und keine Andeutung über meine
Nase.

Seine unsichtbare Ehefrau hatte den Kaffeetisch
gedeckt. Er saß mir gegenüber in Weste und
Pantoffeln.

Das Kaffeegeschirr auf seinem Tisch hatte ich
noch bei keinem anderen Menschen gesehen.
Außer bei mir. Aus diesen Tassen trank ich seit
Jahren meinen Frühstückskaffee, von diesen
Tellern aß ich mein Brot. Es wollte mir nicht in
den Kopf, daß ich etwas gemeinsam hatte mit
diesem Schwein.

Im Zimmer gab es ein Klavier. Der Deckel war
heruntergeklappt. Noten lagen keine herum.
Nichts lag herum. Keine Bücher, keine Zeitungen, kein Strickzeug, nichts, was von Leben hätte zeugen können. Alles war ordentlich und sau-
ber. Das schweigsame Klavier auf Hochglanz
poliert.

Ich fragte, wo er geboren sei.

In Schlesien, sagte er.

Ob er Soldat gewesen sei, fragte ich.

Weste und Pantoffeln paßten nicht zu dem
Schneid, mit dem er die Nummer seines Volks-
sturmbataillons herunterrasselte, als hätte er
vergessen, daß ich es war, die vor ihm saß, seine

ehemalige Schülerin, ein übriggebliebener Volksschädling, den unschädlich zu machen er sich alle Mühe gegeben hatte und der ihn jetzt aufsuchte, in der Hoffnung auf Befreiung. Es war eine lange Nummer, sie kam wie aus der Pistole geschossen, fast ein halbes Jahrhundert, nachdem er zum letzten Mal strammgestanden hatte.

Lassen wir die Vergangenheit ruhen, zitierte er seinen einstigen Lehrer. Wir müssen jetzt den Blick nach vorn richten.

Ob er seinen Schülern immer noch erzähle, Hitler habe die Autobahnen gebaut, fragte ich.

Er drohte, das Gespräch abzubrechen.

Wir schwiegen. Ich sah aus dem Fenster. Auf dem Balkon hing Wäsche. Mein ehemaliger Lehrer wippte mit dem Fuß.

Ich gab nicht auf. Es war aber nichts zu machen.

... muß Sie leider bitten, zu gehen.

Ich reichte ihm den Bleistift, den er mir geliehen hatte. Nach dem Kaffeetrinken hatte ich in meiner Tasche gekramt und nichts zum Schreiben gefunden. Stück für Stück hatte ich den Inhalt der Tasche ausgepackt und trotzdem keinen Bleistift gefunden. Mit Portemonnaie, Lippen-

stift und Puderdose auf dem Schoß war ich mir
seltsam nackt vorgekommen.

Er half mir in den Mantel und wünschte mir
einen guten Heimweg.

Auf der Rückfahrt hatte ich das Gefühl, sehr
weit weg gewesen zu sein. Ich kam in meine
Wohnung und wunderte mich, daß ich ein Zu-
hause habe. Ich erkannte meine Möbel wieder
wie etwas, von dem man schon vergessen hat,
daß man es besitzt.

Es war keine Befreiung. Er war stärker als ich.
Für ihn ruht die Vergangenheit. Er sah so aus,
als ob er gut schläft. Sie schlafen alle gut. Sie
haben nichts zu fürchten. Auch das scheint normal zu sein.

Juliette

*J*uliette, der Name paßte nicht zu ihr. Alles schmuddelig, der Verband über dem Auge, die ausgewaschene blaue Jacke, der ewig rutschende Knieverband. Ist schon lange her, und vielleicht lebt sie gar nicht mehr, aber in der letzten Zeit, seitdem sie in der Stadt am Meer in notdürftig abgedichteten Zimmern Abend für Abend auf das Gas warten, muß ich auch an sie denken, wo sie wohl ist, was sie macht, ab fünf Uhr nachmittags zu Hause, ob sie allein ist oder immer noch mit dem großnasigen kleinen Prinzen zusammen?

Wenn sie noch lebt, hat sie eine Gasmaske, und die nimmt sie mit, wie alle anderen, wenn sie am Tage ausgeht. Vielleicht hat sie geheiratet und Kinder, einen Sohn, eine Tochter, die möglicherweise alt genug sind, um Soldaten zu sein. Aber ich kann mir das nicht vorstellen. Genausowenig wie der Name paßt es zu ihr, Familie zu haben, Mutter zu sein, Ehefrau. Damals war sie

Mitte Zwanzig. Jung, denke ich, so jung, aber sie kam mir nicht jung vor, wenn sie schüchtern klopfte, nie laut, nie fordernd wie die Jungs, und immer wartete sie ab, bis ich *Come in* sagte. Die Jungs traten sofort ein, pochten an die Tür, und schon standen sie im Zimmer. Manchmal brachte einer eine Flasche Wein mit und eilte, ohne zu fragen, in die Küche, um einen Korkenzieher zu holen. Oder sie steuerten auf die Sessel zu, ließen sich da hineinfallen, streckten die Beine von sich und fragten, ob etwas zu trinken da sei. Nur Juliette stand mit verschränkten Armen im Zimmer herum. Besonders wenn die Jungs da waren, aber auch wenn ich alleine war, verharrte sie wie eine verwilderte Katze, die nicht sicher ist, ob sie bleiben oder wieder gehen soll. Juliette war die einzige Frau, die kam, aber sie zählte nicht. Schütteres blondes Haar, nein, nicht blond, eher farblos und immer fettig. Und dieser unförmige Busen. Und die schleppende Stimme, jammervoll. Juliette war keine Konkurrenz.
I have nobody.
Damit wandte sie sich an mich. Das war das erste, was sie zu mir sagte, jedenfalls das erste, woran ich mich erinnere.
Ich bin ganz allein auf der Welt.

Vieles habe ich vergessen, aber das nicht, genausowenig wie den Blick des wäßrig-blauen Auges. Es war ein hervorquellendes Auge. Jahrelang habe ich kaum oder gar nicht an sie gedacht, aber in diesen Tagen, während sie in der Stadt am Meer in ihren Zimmern sitzen und ich hier, in diesem Land, aus dem das Gas kommt, in meinem Zimmer, reglos auf der Riesencouch, mit einem inneren Zittern, als ob, tief in meinen Körper zurückgezogen, etwas hockt und vor Angst schlottert, ein Karnickel zum Beispiel, ich bin es nicht, will es nicht sein, genausowenig wie ich an Juliette denken will, in diesen Tagen ist sie mir wieder eingefallen.

Nicht, daß wir uns verkracht hätten, sie hat mir nie etwas getan, die arme Juliette, ich wollte bloß mit ihrem Unglück nichts zu tun haben, und ich mochte sie auch nicht. Sie hatte nichts Liebenswertes, bloß diese herzzerreißende Geschichte, und die wollte ich mir vom Leibe halten.

Hast du keine Eltern mehr?

I have nobody.

Ein Mensch, der ganz alleine steht in der Welt. Das war mir damals unvorstellbar. Sie sprach englisch und französisch und ein bißchen deutsch, und auf deutsch sagte sie:

Niemand. Ich habe niemand.

Eine vielsprachige Litanei. Nobody ... niemand
... personne.

Hebräisch sprach sie nicht mit mir. Ich war ja
gerade erst angekommen. Und jetzt höre ich ihr
Seufzen und sehe sie, wie sie die Jacke fester
über den Busen zieht, als sei ihr kalt in diesem
heißen Land.

Keine Erinnerung an die Eltern. Ich glaube, sie
war, wie ich, geboren in dem Jahr, als das ganz
große Morden begann. Vielleicht war sie auch
etwas älter. Nonnen retteten sie. Sie wuchs in
Holland auf, als wäre sie immer schon elternlos
gewesen, ein Kind der Nonnen.

Es gibt Fotos von ihr. Ich habe sie damals foto-
grafiert, und heute habe ich die Fotos herausgesucht und sehe mit Staunen, daß sie gar nicht so
häßlich war, wie ich sie in Erinnerung habe. Nur
ungepflegt, verwahrlost, geschlechtslos. Alles
andere als ein Weib, obwohl sie meinen Blick
suchte, von Frau zu Frau, sich an mich wandte,
als könne man mir mit reden, anders als mit
den Jungs, die sich damit vergnügten, sie zu pie-
sacken, wo sie nur konnten. Manchmal klopfte
einer ihr auf den Hintern. Dann lachte sie, halb
entrüstet, halb erfreut. Nein, ein Weib war sie

nicht, kein Weibchen, das die Männer zu nehmen versteht, an ihre Ritterlichkeit appelliert,
den Beschützer-Instinkt weckt. Dafür klagte sie
ununterbrochen meinen weiblichen Beistand
ein. Ich rückte innerlich von ihr ab und stand
ihr dann doch bei.

Vergessen habe ich, wann man sie nach Israel
gebracht hatte, und warum. Zu der Zeit, als ich
dort ankam, lebte sie schon eine ganze Weile bei
den Mönchen, in einer Kammer der herunterge-
kommenen Villa, die zu der christlichen Kirche
nebenan gehörte.

You know, sagte Mosche, der groß und hager
war und der Älteste der Cohen-Brüder, Ende
Zwanzig und ein Gesicht wie eine Kraterland-
schaft. Juliette no Jew.

Sie stürzte sich auf ihn, schlug nach ihm mit ru-
dernden Armen. Er lachte und hüpfte weg.

She Christian.

Sein Haifischlächeln sagte mir, daß es ein altes
Spiel war, daß er sie schon oft so aufgezogen
hatte, und immer mit Erfolg.

Juliette schüttelte die Faust und keifte, ging aus
sich heraus, die Stimme schnappte über: Das war
eins von diesen bösartigen alten Weibern, deren
Haß so grenzenlos wie ungefährlich geworden ist.

Alle lachten. Sie sah mich an. Ich hörte auf zu lachen. Sie tippte sich an die Stirn.

He not right in his head. They all not right in the head. Bin Judin.

Freundinnen wurden wir nie, eher so etwas wie Schwestern, die sich nicht leiden können, aber aneinander gebunden sind, ein Strick aus Neid, Not, Mitleid und Schuldgefühlen. Außerdem war sie in der ersten Zeit, in der ich die Landessprache noch nicht verstand, die einzige, mit der ich mehr als ein paar Worte reden konnte.

Meistens redete sie. Es fällt mir alles wieder ein, in diesen Tagen, in denen wir auf das Gas warten. Im Traum setze ich die Gasmaske auf, im Wachen höre ich ihre schleppende Stimme, lasse alles über mich ergehen, schweigend und wider Willen zuhörend. Ich wollte nichts wissen von ihrem schrecklichen Leben, es nicht an mich heranlassen und habe es doch nie vergessen. Erst jetzt, zwanzig Jahre später, während ich kaum noch zu atmen wage, weil das Karnickel in mir zu dumm ist, um zu begreifen, daß ich nicht dort bin, das Gas aber, wenn es kommt, nicht hierher kommt, sondern dorthin, erst jetzt habe ich Juliette auf dem Halse. Hab sie mir nicht wirklich vom Leib halten können. Jetzt

erst wird mir klar, daß es mir damals nicht gelungen ist, die Ohren zu verschließen vor ihren
Geschichten.

Nachdem der Damm einmal, wahrscheinlich
zum ersten Mal, gebrochen war, ging ich unter
in Juliettes Redeflut, eine bleierne Ente in der
Wohnung eines gewissen Leo Rosenbaum, der
der Freund eines Freundes und in Europa
war.

Wir saßen in seinem Zimmer, es dämmerte, nebenan läuteten die Glocken zum Abendgebet, da
fing sie an, die Klostermauern vor mir aufzu-
bauen, unzählige Steine, die sich zu sehr hohen
Mauern fügten mit Ritzen und Löchern, die aber
nicht groß genug waren, um zu entkommen,
bloß spähen konnte man auf ein Stückchen Au-
ßenwelt, da ging der Sohn des Blumenhändlers
vorüber. Wie sie das wohl erfahren hat, in ihrer
Abgeschiedenheit, daß er der Sohn des Blumenhändlers war? Mauern und Kälte, ewiges Frie-
ren, ich sehe Juliette, wie sie die Jacke fester
zieht über den unförmigen Busen, Kälte und
Kargheit, Blumen nur für den lieben Gott, Bilder immer bloß eins, die heilige Mutter mit dem
Knäblein, daß es ein Knäblein war, wußte Juliette von Anbeginn, nie wäre sie auf den Gedan-

ken gekommen, die Magd Gottes könne ein Mädchen auf dem Schoß halten, und immer und überall das Kreuz, und jetzt weiß ich nicht mehr, bilde ich mir bloß ein, oder war es wirklich so, daß Mosche mit einer Stimme wie der Wolf, wenn er Kreide gefressen hat, fragte: Und das da? Ich sehe Juliettes Achselzucken und ihre kleine mehlige Hand, die sich unwillkürlich um das Kreuz auf ihrer Brust schließt, aber ich weiß nicht mehr in welcher Sprache sie geantwortet hat, wahrscheinlich auf hebräisch, *rak kacha*. Aber es war nicht *bloß so*. Sie wagte nicht, es abzulegen, falls sie es überhaupt trug. Die Erinnerung ist schwankend wie eine Spiegelung in bewegtem Wasser, und wenn ich danach zu greifen versuche, zerfließt sie ganz. Statt dessen fällt mir ein, daß ich Juliette einmal von Leo Rosenbaums morschem Balkon aus beobachtete, wie sie unten an der Mauer des zur Mönchsvilla gehörenden Parks hockte und mit einem Stöckchen in den Sand zeichnete. Immer nur zwei Bewegungen, ein Strich von oben nach unten, einer von links nach rechts, wieder und wieder. Ich begreife nicht, daß ich das vergessen konnte, denn es war in diesem Augenblick, daß ich für sie empfand wie für einen aus dem Nest gefalle-

nen Vogel. Keine Verachtung mehr in diesem
Mitleid. Ich starrte auf ihre Hand, und plötzlich
hatte ich ein Gefühl, als sei da jemand, eine andere Hand, die ihre Hand führte. Im selben
Augenblick schaute sie hoch, sah mich und warf
das Stöckchen weg.
Willst du nicht raufkommen? fragte ich, und
vielleicht war das an demselben Tag, an dem sie
mich mitnahm in die Abgeschiedenheit ihres
Klosters, von dem ich nicht mehr weiß oder nie
wußte oder gefragt und sofort wieder vergessen
habe, wo es stand. Es kann in Amsterdam gewesen sein oder irgendwo auf dem Lande. Es hätte
überall sein können, das Draußen spielte sowieso keine Rolle. Und drinnen –
– time always same, klagte Juliette. Time no
move.
Innerhalb der Klostermauern stand die Zeit still
wie im Märchen, alles blieb, wie es war. Vielleicht ist das der Grund, warum Juliette nur von
einer Mutter Oberin sprach, obwohl sie dort so
viele Jahre verbracht hatte, daß ein Wechsel der
Priorinnen wahrscheinlch ist. La Mère, sagte
Juliette, und ich dachte, sie meine das Meer, sah
sie am Strand sitzen, stundenlang, aufs Wasser
schauen, versinken im Anblick der Wellen. Da-

bei fällt mir ein, daß Juliette nicht schwimmen konnte. Nicht schwimmen, nicht radfahren, bloß rumstehen und auf arme Sau machen. Ich weiß nicht, warum ich plötzlich so eine Wut auf sie bekomme. Ist mir alles zuviel, mag mich nicht weiter mit ihr beschäftigen. So ein Mensch reißt einen mit runter in seine ewige Dunkelheit.

Ich kam mir vor wie im Gefängnis, in Leo Rosenbaums Wohnzimmer eingesperrt mit dieser gräßlichen Person, die überhaupt nicht mehr aufhören wollte zu reden, mit ihrer schleppenden Stimme. Ich haßte sie, ich wollte, daß sie endlich verschwindet, wollte nichts mehr von ihr wissen, sie sollte mich in Ruhe lassen, abhauen. Ich hatte genug von Juliette. Was ging mich Juliette an? Ich hätte sie erschlagen können, wie sie da hockte, ein Häufchen Elend mit einem verbundenen Auge. Möchte wissen, warum ich sie nicht einfach vor die Tür setzte oder wenigstens eine Ausrede erfand, die mich von ihrer Gegenwart befreite. Die Jungs waren im Kino, in irgendeinem sogenannten »guten Film«, etwas wie *Der weiße Hai*, von denen war kein Entsatz zu erwarten. Ich horchte zur Treppe, ob da nicht ein Schritt zu hören war, irgendein Besucher, sonst kamen sie doch in Scharen. Nichts.

Juliette ließ ihre Mütter wieder auferstehen, the black ladies, und natürlich La Mère, eine Frau wie ein Stock, mager, aufrecht und pflichtbewußt, fast eine Heilige, sagte Juliette.

Wie alt sie war, als die Nonnen sie aufnahmen, weiß ich nicht mehr, vielleicht wußte sie es selber nicht, wahrscheinlich konnte sie noch nicht einmal laufen. Wer ihr den Namen gab, weiß ich auch nicht. Er paßt wirklich nicht zu ihr, klingt nach Paris und schwarzen Strumpfbändern, sie aber war eine vom Geschlecht der Nonnen.

Als nebenan die Kirchenglocken läuteten, gestand Juliette verschämt, daß sie es immer noch gern hörte, das Glockenläuten, like home, you know, sagte sie. Wir schwiegen. Einmal war auch Juliette still. Das Glockenläuten war so laut, als wäre es im Zimmer. Möchte wissen, ob das Haus noch steht, war damals schon eine Bruchbude, ganz aus Holz, grenzte direkt an die Kirche, die sehr alt war, vielleicht noch aus Kreuzfahrerzeiten. Humpty Dumpty sat on a wall, sagte Juliette, Humpty Dumpty did a great fall, fiel ich mit ein, all the king's horses and all the king's men couldn't put Humpty Dumpty together again, sagte Juliette alleine und sehr leise. Aber sie weinte nicht. Nie sah ich sie weinen,

kann mich auch an kein Lachen erinnern, nur
daß sie sich einmal freute wie eine Irre, kindisch
umhersprang und in die Hände klatschte, oh ich
freu mich so, freu mich so, Schlomo blau Auge,
so happy, so happy.

Schlomo, das war Juliettes Erzfeind. Auge hat er
kaputtgemacht, sagte sie. Angeblich hatte er
sich *rak kacha* gebückt und ihr eine Handvoll
Sand ins Gesicht geworfen. Schlomo – ob der in
der Lage ist, eine Gasmaske aufzusetzen? Wenn
er noch lebt. Vielleicht im Irrenhaus. Was machen sie mit den Irren, wenn Alarm ist? Schlomo, Mosches kleiner Bruder, damals war er
siebzehn, sah aber älter aus. Das machte der
Bart, mächtiger schwarzer Bart. Ausweichende
Augen, scheues Menschentier. Manchmal zün-
delte er vor dem Haus. Ich sah aus dem Küchen-
fenster in die dunkle Gasse, vor dem Haus
brannte eine zusammengerollte Zeitung. Die
Gasse war still und leer. Er blieb nicht, um dem
Feuer zuzuschauen, er zündete es an und rannte fort. Ein großer Bewunderer Elvis Presleys.
Bevor er sich den Bart wachsen ließ, trug er ihm
zu Ehren eine Tolle. Ich sehe ihn, Hände in den
Hosentaschen, die Gasse hinunterstreben, weg
vom Haus, mit großen Schritten, sich hin und

wieder gehetzt umblickend, als wolle er sehen,
wie dicht der Verfolger ihm auf den Fersen ist,
und schon kommt er zurück, so eilig, wie er gegangen ist, und verschwindet in der Wohnung
seiner Eltern.

Manchmal saß Schlomo stundenlang im Schat-
ten der über die Mauern der Mönchsvilla hängenden Zweige eines Avocadobaums auf dem
Moped seines Bruders. Der Sitz quietschte,
wenn er sich bewegte. Ich hörte das Quietschen
in meinem Zimmer und wußte, jetzt hockt er
wieder da.

Juliette hüpfte auf und ab wie ein kleines Mädchen. Momik hat seine Schwester gerächt.
Schlomo blau Auge. Ich es eben gesehen.

Später wurden unten Weiberstimmen laut. Eine
farblose Mutter mit einer farblosen Tochter. Offenbar hatte Schlomo die Tochter eine Hure genannt.

Mein Sohn? kreischte Schlomos Mutter. Warum
kommt er denn zu euch?

Endloses Gezänk. Die vor Aufregung über-
schnappende Stimme der farblosen Mutter gegen das kraftvolle Keifen von Mutter Cohen. Leo
Rosenbaum wohnte nicht gerade in der feinsten
Gegend der alten Stadt am Meer.

Ich rufe Abraham an, das ist noch möglich, noch sind die Leitungen nicht unterbrochen, und ich weiß, daß er zu Hause ist, nachmittags sind sie immer zu Hause, es ist Winter, wird früh dunkel, die Raketen kommen, wenn es dunkel ist. Tagsüber ist die Stadt voller Menschen, alles wie immer, sagt Abraham, nur daß jeder den Karton mit seiner Gasmaske dabei hat. Manche Leute gehen sogar schwimmen, sagt Abraham.

Und du? frage ich.

Ach nein, sagt er.

Ab fünf Uhr sitzen sie in ihren Wohnungen und warten. Und immer läuft das Radio, der Fernseher. Ich lege den Hörer auf und frage mich, ob es das letzte Mal war, daß ich seine Stimme hörte, und frage mich, warum Mordechais Telefon ständig besetzt ist, und ob ich es noch einmal versuchen soll, und frage mich, was Ruths Kinder machen, den ganzen Tag in der Wohnung eingesperrt, und frage mich lieber nicht, ob die Gasmasken wirklich schützen und wieviel das Klebeband abhält, und frage mich, ob Juliette alleine ist oder mit Familie oder wieder bei den Mönchen untergekrochen, und merke, daß ich mich das gar nicht wirklich frage, sondern an sie denke, wie an eine Tote. Verblaßt ist die Er-

innerung an Juliette, wie ich sie zuletzt sah, kei-
fend mit dem kleinen Prinzen, der lautstark den
Rotz hochzog und auf den Fußboden spuckte.
Aber die Juliette, die in Leo Rosenbaums schon
fast dunklem Zimmer den Kopf in den Nacken
legte, nachdem die Glocken verklungen waren,
und die Decke anhimmelte, weil sie das Wort für
aufsehen nur auf holländisch wußte, ist mir un-
vergeßlich, der einäugige Blick zur Decke.
I prayed to him.
Der Priester war der einzige Mann in ihrer Abgeschiedenheit. Wäre gerne zu ihm gerannt,
nach vorne auf die Kanzel, um sich unter seinem Gewand zu verbergen, Schutz vor dem
Stock und allen anderen Schwarzen Frauen.
Heute begreife ich, daß es dieser Priester war,
ein namenloser Mann im schwarzen Frauenge-
wand, der sie am Leben hielt, die Hoffnung, daß
er sie eines Tages beachten, vielleicht sogar mitnehmen würde, dahin, woher er kam und wohin
er ging, nicht ohne sie zu ermahnen, schön brav
zu sein, die Schwestern haben viel erduldet um
deinetwillen, lieb sein, das bist du ihnen schul-
dig.
Heute frage ich mich, wie ein Mensch das
macht, einfach weiter zu hoffen, ob es dumm ist

oder tapfer, sich den Traum nicht nehmen zu lassen. Erlösung, Befreiung von den Schwarzen
Frauen, *black ladies*, sagte sie und manchmal
auch *femmes noires*, raus aus den Mauern, die sie
nicht verlassen durfte und wußte nicht, warum.
Niemand sagte ihr, daß sie war, was sie war.
Als Mosche sie das nächste Mal haifischlächelnd
aufzog und Juliette wild wurde, wußte ich, daß
sie selbst nicht daran glaubte, immer noch nicht
sicher war, das zu sein, was sie doch wirklich
war: ein jüdisches Kind, dessen Eltern sie, bevor sie in Rauch aufgingen, zu den Nonnen gebracht hatten, damit sie lebe.
Meine Wut auf die schweigenden Nonnen und
Juliettes Hand, die die Bewegungen eines plap-
pernden Kindermundes nachmachte.
Sonst alles verraten, sagte sie, und ich verachte-
te sie, daß sie auch noch Verständnis für ihre
Peinigerinnen aufbrachte. Frage mich, wann sie
es ihr gesagt haben, und warum dann doch
nach so langer Zeit. Kann mich nicht erinnern,
ihren Nachnamen je gehört zu haben, vielleicht
hatte sie keinen, den Familiennamen beim
Überleben verloren. Für mich jedenfalls war sie
nur Juliette und sonst nichts, die Einäugige, die
Gott sieht dich flüsterte, in Leo Rosenbaums

dunklem Zimmer. Und ich begriff: Das war das Schrecklichste. Gott sieht alles, sagten die Nonnen. Wird mir erst jetzt klar, was das bedeutete: ein Verdikt fürs Leben. Du kannst etwas vor uns verbergen, aber nicht vor Gott. Du kannst nirgendwohin, Gott wird dich überall sehen. Du kannst nicht entkommen, auch wenn du dich uns entziehst, Gott sieht alles, was du tust. Die furchtbaren, noch namenlosen Dinge, die Juliette tat, Gott sah sie. Und nicht nur, was sie tat, auch, was sie dachte: Gott wußte um ihre Schlechtigkeit. Wahrscheinlich glaubte sie immer noch daran: Gott sieht dich überall. Es gibt kein Entrinnen. Und wenn Er weiß, was für ein verruchtes Kind du bist, kann Er nicht anders, Er *muß* dich verwerfen. Er sieht dich und wird dich strafen, und die Strafe wird furchtbar sein. Höllenstrafen. Juliette jammerte, ich versuchte, sie zu beruhigen. Frage mich, was sie ihr angedroht haben, denke an mittelalterliche Bilder, arme Sünder im Fegefeuer, Teufel und Kochtöpfe und lange Spieße, vielleicht haben sie ihr das ausgemalt, die Flammen sehr rot, das Feuer sehr heiß, die Schmerzen schrecklich und für alle Ewigkeit. Vielleicht waren sie aber auch zu aufgeklärt, um mit solchen Bildern zu drohen, vernünftige Nonnen, die offen ließen, worin die Strafe bestehen würde, das Bedrohliche nicht in den Worten, sondern im Tonfall, etwas in der Stimme wie ein zum Himmel gereckter Zeigefinger, nichts fest Umrissenes, nichts, was sich beweisen oder entkräften läßt, La Mère wie ein Schiff, das weit draußen vorbeizieht, und erst eine ganze Weile später schlagen die Wellen an den Strand, ertränken die Ameise, die gerade auf dem Weg von hier nach da war. Und nirgends ein Schlupfloch. Vielleicht war das der Grund, warum Juliette nicht floh. Er war ja überall (und nirgends). Ich fürchte, ich habe sie auch dafür verachtet, daß sie nicht einfach flüchtete. Damals glaubte ich noch, man könne vor allem davonlaufen. Wundere mich auch jetzt, daß sie nicht in Scharen das Land verlassen. Viele könnten ja weg, haben Verwandte, Freunde in Amerika, Europa, auch hier, könnten weg, niemand zwingt sie zum Bleiben, in ihrem Lande kann man kommen und gehen, wie man will, vorausgesetzt, man hat genug Geld, und diejenigen, an die ich denke, haben genug, abgesehen von Juliette. Trotzdem harren sie aus. Und wenn wieder eine Rakete eingeschlagen ist, und es war wieder *nur* und wieder *ohne*, dann gibt es

ein kurzes Aufatmen und gleich darauf die Frage, was wird morgen sein. Es ist immer bloß ein
Aufschub. Und ich sitze hier auf meiner Riesencouch, verbiete dem Karnickel das Schlottern
und höre Juliettes entsetztes *Oh no.* Wahrscheinlich hatte ich irgendeinen Einwand gemacht, ist
doch auch schön, wenn Er da ist und über dich
wacht, dann brauchst du dich nie alleine zu fühlen, irgend so was, keine Ahnung mehr, längst
vergessen, aber irgendwas muß man ja sagen,
wenn einer sein Klagelied singt, auch wenn einer dich totredet, will er ab und zu was hören,
selbst wenn er gar nicht mehr merkt, daß du da
bist, will er doch die Bestätigung, daß du ihm
zuhörst, von mir wollte Juliette nie etwas wissen,
für sie war klar, daß es mir gutging, jedenfalls
besser als ihr, und das stimmte ja, und deshalb
fühlte ich mich verpflichtet. Ab und zu lasse ich
mich auch heute noch totreden. Zwischendurch
heißt es dann, Ach, ich rede dich tot, und ich
hoffe schon, jetzt hört es auf und murmele etwas wie *Das macht nichts*, und dann geht es
weiter, und immer ärgere ich mich erst hinterher, die ganze Nacht und den nächsten Tag ver-
bringe ich mit Hadern, aber solange das Klagelied erklingt, höre ich es mir geduldig an und

sage ab und zu mal etwas Einfühlsames, Be-
schwichtigendes. So wird es auch bei Juliette
gewesen sein. Die Einzelheiten vergessen, nur
dieses entsetzte *Oh no* im Ohr. Unvorstellbar,
daß Er verzeihen würde.

Was denn? fragte ich und wollte es doch gar
nicht hören. Nichts wissen von diesem unglück-
lichen Mädchen, noch ganz flach, kein unförmi-
ger Busen, kein Verband über dem Auge und
kein Gedanke daran, daß es irgendwo auf der
Welt einen Mosche gab. Mosche, das war irgend
so ein jüdischer Name, und die Juden hatten
Unsern Herrn Jesus Christus gekreuzigt, und jeden Tag konnte das Wunder geschehen, daß
Sein Blick auf sie fiel. Vorwurfsvoll glotzt mich
Juliettes Fischauge an. Ich soff mir die Hucke
voll. So viel Nogah, bis ich doppelt sah und eine
Zigarette nach der andern, irgendworan mußte
ich mich auch festhalten, dachte, sie braucht jemanden, hat niemanden. Ich soff, sie nicht. Juliette war eine von den Genügsamen. Sie trank
nicht, und sie rauchte nicht, und wenn ich meine Mahlzeit mit ihr teilen wollte, erklärte sie
immer, sie habe schon gegessen. War aber
ziemlich fett für ihr Alter, vielleicht fraß sie
heimlich.

Von anderen Kindern war nie die Rede, und
doch wird sie nicht die einzige gewesen sein, in
jenem holländischen Kloster. Die vielen Waisen-
kinder nach dem Krieg. Ich sah sie mit ehr-
fürchtigem Mitleid, kleine Gespenster in grauen
Kittelchen, zwei und zwei in Reih und Glied, an-
geführt von einer Riesengestalt, das Waisenhaus
war gleich neben unserer Schule. Eine Gestalt,
die bis in den Himmel wuchs, das war La Mère:
hager, mit klaren Zügen, beautiful face, sagte
Juliette, like painting, sanft, ruhig, so calm, so
calm. Nie erhob sie die Stimme, ein sanfter
Stock, untadelig die Haltung, das Gebaren, kein
Aus-der-Rolle-Fallen, als trüge sie ein unsicht-
bares Korsett, unbeugsam und nie verzagend
und ganz bestimmt sehr mutig. Es gab nicht so
viele, die damals ihr Leben riskierten für ein
Kind aus dem verfluchten Volk. Ich erinnere
mich an sie, als hätte ich sie selber kennengelernt, die hohe und hoheitsvolle Gestalt, die etwas Unnahbares hatte, das ja, aber doch nicht
zum Fürchten. Ich glaubte Juliette nicht, wenn
sie von ihrer Angst sprach. Angst, eine ganze
Kindheit nichts als Angst. Wirklich nichts sonst?
Kein Lachen? Keine Lieder? Doch, gesungen
wurde viel. Aber Juliette sang falsch und wurde

gemahnt, weil es nicht wohl klang in Gottes Ohr.
Und du willst Ihm doch gefallen, oder etwa
nicht? Natürlich wollte sie, sie wollte ihn sogar
heiraten, nicht den lieben Gott, nur seinen leib-
lichen Stellvertreter, der greifbar war und sowieso der eine und einzige. Sie war so unschul-
dig oder so töricht, das auch noch zu sagen. Sie
erklärten ihr nicht einfach, daß Priester nicht
heiraten, sie sagten ihr, daß er eine wie sie gewiß nicht nehmen würde. Etwas stimmte nicht
mit ihr, war verkehrt, falsch, häßlich, schlecht,
von Grund auf schlecht.

Verdorben, sagte die Mutter Oberin. Sie führte
sie in den Keller und ließ sie an einem Herings-
topf riechen, dessen Deckel aufgegangen war.
Verdorben wie du, sagte sie. Und ich glaubte ihr
nicht. Dachte, das hat sie sich eingebildet. Aber
ich habe sie noch im Ohr, Juliettes angeekelte
Stimme, stinking fish. Wir saßen im Dunkeln.
Ich konnte ihr Gesicht nicht mehr sehen. Über
solche Dinge redet man nur im Dunkeln. Stinking fish, sie selbst, die ganze Juliette oder ein
Teil von ihr, vor dem ihr schauderte, die Nonnen
hatten so etwas natürlich nicht. Juliette war die
einzige, die damit geschlagen war, vielleicht zur
Strafe, das wußte sie nicht genau, ihrer Sünden

wegen, warum sonst, ein Mal, wie Kain es auf
der Stirn trug, das Loch, vor dem sie genausowenig weglaufen konnte wie vor dem lieben
Gott. Er sah es, wenn sie es zu stopfen versuchte, mit allem, was ihr zwischen die Finger kam,
in der Eile, ganz plötzlich war das Leck da und
mußte gestopft werden, egal womit, sofort, es
war keine Minute zu verlieren, Juliette mußte
sich verstecken und das Leck stopfen.
Ich lachte und machte Licht an. Aber schön war
es doch sicher auch.
Oh no, sagte sie entsetzt. Dann sagte sie nichts
mehr, und ich fürchtete, daß ich sie gekränkt
hatte, und bekam ein schlechtes Gewissen.

Eine Zeitlang war ich unterwegs, und als ich
wiederkam, waren Juliette und der kleine Prinz
ein Paar. Juliette war aus der Mönchsvilla aus-
gezogen und lebte in einem Zimmer, ich weiß
nicht mehr wo, zusammen mit Eli Katzenstein,
der aus Rumänien kam und mich an den kleinen Prinzen erinnerte, weil er so einen Wuschel-
kopf hatte und einen schmalen Schal um den
Hals geschlungen trug. Vielleicht sind sie ja
doch zusammengeblieben und haben sogar Kinder. Und die Kinder werden Soldaten sein und

genervt von der schleppenden Stimme ihrer Mutter. Sie werden nichts wissen vom Kloster und nichts von Schwarzen Frauen, und wahrscheinlich hat Eli Katzenstein längst aufgehört, auf den Boden zu spucken und wäre empört, wenn eines seiner Kinder so etwas machen würde, und die Kinder sprechen vielleicht ein paar Brocken englisch, aber weder holländisch noch französisch noch deutsch und wissen nichts von Humpty Dumpty, und Juliette ist noch dicker geworden und hat keinen Augenverband mehr, mit zwei etwas hervorstehenden wasserblauen Augen schaut sie in die Welt. Oder es ist alles ganz anders, und sie ist bei den Mönchen verdorrt oder

Salomo und die anderen

*S*chlomo!

Jakov!

Jitzchak!

Ich sitze und schaue aufs Wasser und höre die alten Namen. Gestern noch war ich zu Hause, hier sagen sie *schama*, das heißt einfach *dort*, aber sie meinen nicht einfach dort. Sie meinen einen Ort, der so schrecklich ist, daß man ihn besser nicht benennt, ihn beim Namen nennen, hieße die Erinnerung *daran* heraufbeschwören, wenn man nicht davon spricht, dann ist es nicht wirklich, vielleicht doch nicht wirklich oder wenigstens nicht ganz wirklich. Das Schweigen ist wie ein Verband über dem, was geschah, *schama*, im Land Dort, wo ich geboren bin und aufgewachsen. Einen vaterlosen Wolfgang hatte ich dort zum Freund, der war frech und weizenblond, und wir kletterten zusammen auf einen Baum, um unsere erste Zigarette zu rauchen – ich glaube, es war eine Juno, und meine Nase

war noch nicht ausgewachsen, und wir wußten
noch nicht, was geschehen war und daß uns
mehr trennte als das Übliche. Ein Krieg war zu
Ende gegangen, das wußten wir, auch war uns
zu Ohren gekommen, daß *der Russe* furchtbar
gehaust hatte, der Rest war Schweigen. Es
herrschte eine Stille, als wären nicht Bomben
gefallen, sondern Schnee, Heerscharen von
Schneeflocken, die den Befehl hatten, alles unter sich zu begraben und jeden Laut zu schluk-
ken. Und jetzt, mehr als vier Jahrzehnte später,
hier am Strand diese Namen aus unvorstellbar
fernen Zeiten.

Salomo, Jakob und Isaak spielen Fußball.

Salomo ruft Isaak, er soll ihm den Ball zuspie-
len.

Salomo trägt ein Stirnband. Sein Haar ist lang,
lockig und wild. Die Tennisschuhe sind abgetra-
gen und löchrig, er spielt voller Hingabe, mit
hochroten Backen. Ich sehe ihm zu und spüre,
wie mich ein kindlicher Stolz überkommt – bin
ja erst ein paar Stunden da und weiß, später
werde ich mich wie immer ärgern über *das
Land*, wie sie hier sagen, reichlich überheblich,
ha-aretz, als gäbe es nur dieses eine. Aber noch
ist es nicht soweit, noch bin ich in dem Rausch

der Schiffbrüchigen, die wieder festen Boden
unter den Füßen haben, dem feindlichen Ele-
ment entronnen, eben noch ganz klein, verzagt
und hilflos und jetzt die Größten, jubelnd, prah-
lend, übermütig ... hätte jetzt gern einen Brau-
nen Mann hier, dem würde ich sagen: siehst du,
ihr habt uns doch nicht ausrotten können.
Jakob foult.
Jakob und Isaak fallen, stürzen übereinander,
und schon ist Isaak wieder auf den Beinen,
spuckt den Sand aus, läuft los, während Jakob
sich den Knöchel reibt, den Schmerz mannhaft
verbeißt.
Isaak hat einen sehnigen, dunkelhäutigen Körper, und wenn er *Jakov* ruft, kommt das *a* tief
aus der Kehle: Wahrscheinlich ist er Orientale,
kaut Sonnenblumenkerne, wenn er ins Kino
geht, knackt unaufhörlich einen nach dem andern, während er auf die Leinwand starrt, und
spuckt die Hülsen auf den Boden.
Salomo schießt ein Tor.
Die beiden auf den Fersen hockenden Zuschauer, die schon etwas älter sind, tauschen eine an-
erkennende Bemerkung. Salomo rückt das
Stirnband zurecht und bückt sich, um die Schuhe zu binden. So hell die Haut, so blau die Au-

gen, vielleicht hat er eine deutsche Großmutter, die ihn Schloimele nennt und womöglich selber einmal mit einem Salomo verheiratet war. Ihr ältester Sohn könnte Sally heißen und ein guter Amerikaner sein, der das Fremdsein fast verlernt hat *in the big melting pot*, kaum mehr weiß, was es heißt, an keinem Ort zu Hause zu sein, immer auf Zwischentöne horchen, die Luft prüfen, ob es Zeit wird weiterzuziehen, zuweilen fast eingelullt oder schon zu verwurzelt, um sich schnell genug davonmachen zu können, dann nicht nur beraubt, auch gemordet, die Überlebenden vertrieben, da, wo ich herkomme, wurden sie zuletzt im Romanischen Café gesehen, wo die einen ahnten, was ihnen blühte, und die andern nicht, hatten vergessen, daß sie waren, was sie waren, im Zwanzigsten Jahrhundert wie einst in Ägypten, Träume deutende Fremdlinge, verraten von Trotz, Trauer und Tierangst im Blick, heute wie einst in Ägypten, bevor sie sich auf den Weg durch die Wüste machten, geführt von Moses, der im Augenblick Tormann ist und ein T-Shirt mit der Aufschrift *Coca-Cola* trägt. Er hat etwas Stämmiges, Untersetztes und steht, einen verlorenen Ausdruck im Gesicht, mit beiden Beinen fest im Sand, kampfbereit

und helläugig, seine Eltern könnten aus Polen
gekommen sein.

Es sind zwei deutsche Pärchen aufgetaucht,
sehr blond, sehr jung, vielleicht noch Schüler.
Sie haben sich im Sand niedergelassen, um dem
Spiel zuzuschauen, vier Rücken an dem Bretter-
häuschen, in dem die Liegestühle verwahrt werden. Möchte wissen, ob es ihnen peinlich ist,
wenn sie hier gefragt werden, woher sie kommen, oder ob sie unbefangen antworten können. Sie haben offene, noch nicht gezeichnete
Gesichter. Möchte wissen, warum sie hergekommen sind. Vielleicht beunruhigt *es* die Nachfah-
ren mehr als die Beteiligten, Oma und Opa, die
das Skateboard bezahlt haben, das Mountain-
bike und den Videorecorder. Gestern morgen
noch stand so ein Opa vor meinem Haus. Ich
kenne ihn seit Jahren, vom Sehen, er hat den
Scharlach im Gesicht wie die Säufer und die
Herzkranken, und er trägt eine Sonnenbrille, ob
es regnet oder schneit, und vielleicht glaubt er
wirklich, daß er sich dahinter verbergen kann,
und vielleicht weiß er wirklich nicht, daß jeder
im Ort *weiß*, sogar ich. Er trägt diese Sonnenbrille, aber seiner Fußpflegerin erzählt er frei-

mütig seine Träume vom Führer ... Er stand da und beugte sich zu seiner kleinen Enkelin hinunter, liebevoll. Das Kind schwankte auf den neuen Rollschuhen, kippte vor und zurück, und der Opa hielt es behutsam bei den Händen, als wäre es eine Kostbarkeit, mit der man nicht vorsichtig genug umgehen kann, und ich fragte mich, wie es sein wird, wenn dieses Kind erwachsen ist und Gerüchte hört oder Prozeßberichte liest und nicht glauben kann, daß der Opa *so was* gemacht hat.

Salomo dribbelt den Ball zu den Deutschen hin und sagt etwas. Die beiden Jungen stehen sofort auf, als hätten sie darauf gewartet, mitspielen zu dürfen, der eine ist so weizenblond wie der vaterlose Wolfgang meiner Kindheit. Isaak und die andern kommen hinzu. Händeschütteln. Salomo, rote Flecken auf den Backen, rückt das Stirnband zurecht. Jakob dreht sich zu den Mädchen um, winkt auf orientalische Art, mit den Fingerspitzen nach unten: *come play come.* Die Mädchen schütteln den Kopf, bleiben sitzen. *Come.* Die beiden auf den Fersen hockenden Zuschauer grinsen. Der Ältere, schon ein Mann, krausköpfig und dunkelhäutig, wahrscheinlich aus Marokko, ruft Jakob etwas zu, das ich nicht

verstehe und doch verstehe – es geht ums *Rum-
kriegen*. Jakob dreht sich kurz um, dann wendet
er sich wieder den Mädchen zu, streckt ihnen
die Hand hin, als wolle er ihnen beim Aufstehen
helfen, ganz Kavalier und die Harmlosigkeit in
Person. *Don't afraid ... come*. Wenn aber seine
Schwester auf den Gedanken käme, Fußball-
spielen zu wollen, müßte er das als Kränkung
seiner Ehre betrachten und sie, wenn nötig, mit
Gewalt, zu Sitte und Anstand zurückführen, allerdings würde Lea oder Rebekka oder wie sie
heißt, sich niemals einfallen lassen, Fußball
spielen zu wollen, nicht einmal im Traum. Die
Mädchen sind sich nicht einig. Die eine will und
die andere nicht, aber die eine will nur, wenn
die andere mitmacht, und es dauert eine Weile,
bis die überredet ist.
Zwei Mannschaften werden gebildet, Herbert,
Salomo, Jakob und eins der Mädchen gegen
Isaak, Fritz, Moses und das andere Mädchen.
Sie spielen hingebungsvoll und wild. Salomo
ruft jetzt: Erbee! Erbee!

Ein Paar kommt den Strand heruntergeschlen-
dert, beide in Uniform, Händchen haltend, er
mit Maschinenpistole über der Schulter, sie Eis

essend. Mützen unter den Achselstücken. Die
klobigen Stiefel. Die Kindergesichter. Er schaut
fachmännisch, sie desinteressiert, ab und zu
fährt ihre Zunge einmal rund um die Eiskugel,
zieht sich flink in ihre Höhle zurück, um bald
darauf wieder hervorzukommen, die schmelzen-
de Kugel zu umschlecken. Herberts Freundin
spielt gut, ihren Namen weiß ich nicht, aber ich
sehe, daß sie die Scham noch nicht ganz über-
wunden hat. Gehemmt vor dem Zusammenstoß
mit dem anderen Leib. Am Ball und dann ein
winziges Zögern. Haltmachen für den Bruchteil
einer Sekunde vor dem fremden Fuß, dem fremden Bein, vor dem Eindringen auf den anderen
Körper. Nach und nach findet sie hinein in das
Spiel, läuft mit den Jungen, rempelt den Gegner.
Ihre Wangen röten sich. Das andere Mädchen,
das sich immer wieder hat abdrängen lassen,
und dem Menschenknäuel um den Ball nur
noch lustlos folgt, macht auf dem Absatz kehrt
und strebt der Wand des Bretterhäuschens zu.
Salomo legt den Ball für einen Elfmeter zurecht,
er läßt sich Zeit, macht eine Zeremonie daraus,
der Wind trägt mir einen Satzfetzen zu.
... erst überredest du mich, und dann ...
Aber die Abgedrängte hockt schon wieder auf

ihrem alten Platz, ein einsamer Rücken an der
Wand des Bretterhäuschens. Die Rotbackige
steht zögernd, ratlos, mit hängenden Armen, offenbar hin- und hergerissen zwischen der Lust
am Spiel, der eben erst entdeckten, und dem
Gebot der Solidarität, das Aufhören vorschreibt,
die Freundin nicht alleine lassen, ihr Gesell-
schaft leisten. Sie steht und schwankt, bis Salomo sein Tor geschossen hat, da dreht sie sich
plötzlich um und läuft los, stürzt sich ins Getümmel, mischt wieder mit.

Schlomo!

Jakov!

Fritz!

Susanne! Hier! Hierher!

Neben dem durch eine Jacke und ein Hemd ge-
kennzeichneten Tor hocken noch immer die beiden Zuschauer, deren Augen jetzt Susanne folgen, die einen großen Busen hat und nur ein
dünnes T-Shirt trägt. Sie scheint das vergessen
zu haben, ganz im Spiel versunken, ihre Backen
sind schon fast so rot wie die von Salomo. Die
Zuschauer und der Tormann Moses, der im Moment nichts zu tun hat, tauschen Bemerkungen
aus, der Krauskopf nickt und redet, ohne den
Busen aus den Augen zu lassen, Moses lacht,

anzüglich wie mir scheint, zeigt aber fast gleichzeitig seine Bewunderung, indem er Daumen
und Zeigefinger zusammenlegt und mit dem
Handgelenk wippt: Die sportliche Leistung weiß
er zu würdigen, wissen sie alle drei, wenn auch
befremdet, durchaus zu würdigen.

Der Krauskopf muß meinen Blick gespürt haben. Er sieht zu mir herüber und ruft mir zu: *hi
messacheket tov* – muß mich erst wieder daran
gewöhnen, daß die Sprache Männer und Frauen
hier sogar in ihrem Tun trennt, klar spielt sie
gut, *hi messacheket*, aber *hu messachek*, später
wird es mir wieder in Fleisch und Blut übergehen, jetzt schauen sie alle drei zu mir herüber,
als ob ich die Mama wäre, nicken und stülpen
die Lippen, *be-emet* und *be-chajai.*

Das Soldatenpärchen entfernt sich den Strand
hinunter, zwei uniformierte Gestalten Hand in
Hand am Meeressaum.

In der Ferne die Türme von Jaffo, schon seit
Jahrhunderten. Das Wasser glitzert. Die Sonne
ist hinter den Wolken vorgekommen. Auf der
Horizontlinie steht ein Schiff, rührend klein im
blauen Dunst.

Moses, leicht vorgebeugt, die Hände auf den
Schenkeln. Getümmel in der Nähe seines Tores.

Einschläfernd in seinem Gleichmaß das Klock-
Klock der Tennisbälle ... *Matkot* ... überall am
Strand wird *Matkot* gespielt, das Klock-Klock-
Klock und die Pausen, wenn sie dem Ball hinter-
herlaufen, der irgendwo im Sand springt oder
im Wasser dümpelt, nur hier im Land Pingpong-
Schläger und Tennisball, das Klock-Klock gab es
hier schon, als die mittlerweile bereits wieder
verrottenden Riesenhotels noch nicht gebaut
waren –

Schlomo!

Jitzchak!

Susanne ist am Ball, Isaak versucht zu überneh-
men, Susanne läßt sich nicht abdrängen, gibt
den Ball an Salomo weiter, da schlingt Isaak beide Arme um ihren Leib und zieht sie zu Boden,
wälzt sich mit ihr im Sand, ohne sie loszulassen,
preßt sie an sich, nicht nur mit den Armen, auch
die Beine halten sie fest umklammert, einen
Augenblick lang zwei im Sand kugelnde Körper
– die anderen eilen herbei, der Ball rollt aus,
unbeachtet, Susanne steht auf und schüttelt den
Sand aus den Haaren, *foul* war das und das Si-
gnal zum Aufhören.

Ein alter Mann am
See Genezareth

*I*ch saß und schaute auf den See, der dort *Kinneret* heißt. Das Wasser hatte dieselbe Farbe wie
der Himmel und kräuselte sich kaum merklich.
In der Ferne, am anderen Ende des Sees, erhob
sich eine Bergkette, nackt, grau und scheinbar
unbewohnt. Am Abend hatte ich dort Lichter gesehen, verstreute Inseln, die in der Schwärze
der Nacht funkelten, aber jetzt in der Morgen-
sonne war da nichts, was auf menschliche An-
wesenheit hindeutete, auch am Ufer kein Haus,
die Landschaft lag so still und unberührt wie am
Anfang der Welt, nur da, wo ich saß und schaute, reihte sich ein Restaurant ans andere, man
mußte genau hinsehen, um zu erkennen, wo das
eine aufhörte und das andere anfing, ein Heer
von gedeckten Tischen und verloren herumste-
hende Kellner, Hände auf dem Rücken, Blick
nach innen, leere Stühle das ganze diesseitige
Ufer entlang.

Ich schaute und schrieb. *Kinneret*, das erschien
mir nichtssagend, als wäre es nicht derselbe
See, der bei uns Genezareth heißt, ein anderer,
etwas anderes, alles mögliche, nur nicht der See
aus Kindheitstagen, der heilig war und unend-
lich weit weg, der See Genezareth in einem
Land so fern, daß man nicht wußte, ob es tat-
sächlich existiert, und nicht einmal davon träum-
te, eines Tages dorthin zu reisen, und einen
Namen hatte das Land auch nicht, und der See
war ohne Wasser, in das man hineinsteigen
konnte, auch konnte man an seinem Ufer nicht
einfach so sitzen, wie ich es jetzt tat, da gab es
keine sorgfältig gefalteten Servietten, auf jedem
Teller ein halbgeöffneter himmelblauer kleiner
Fächer. Der See Genezareth lag im Buch der Bücher, in dem alles aufgeschrieben war von Gott
und den Menschen in dem Gott einer war, der
unzählige Ohren hatte, so daß man reden konnte in seinem Innern, bitte lieber Gott, mach ...
Ich war der einzige Gast und saß, von leeren Tischen und Stühlen umgeben, so dicht am Wasser wie möglich. Ich saß und schrieb und schaute ab und zu über den See.
Einmal, als ich aufblickte, schwebten Luftballons in dem endlos blauen Himmel.

Ein alter Mann, gebeugt, schmuddelig, herun-
tergekommen, grüßte den Kellner, zog mit zit-
ternden Händen einen Stuhl unter dem Neben-
tisch hervor und setzte sich mir gegenüber.

Wie eine Schar von drallen Vögeln, die sich dicht
beieinander halten, damit sie einander nicht
verlorengehen, kamen die Luftballons langsam
herab, trieben eine Weile über dem Wasser und
stiegen dann wieder auf.

Der alte Mann bestellte Chumus und Tchina.

Was ich da schriebe, fragte er.

Rak kacha, sagte ich. Nur so.

Wir kamen ins Gespräch. Ein paar Sätze lang
auf hebräisch, dann erkundigte er sich, wo ich
her sei.

Wir wechselten ins Deutsche über.

Er stand auf, fragte, ob er sich zu mir setzen
könne, ja, sagte ich und er nannte seinen Namen.

Er hatte eine angenehme Stimme und eine gepflegte Sprache, die nicht zu dem zausbärtigen
alten Juden paßte. Ich hatte das Gefühl, daß er
nicht gut roch, wollte lieber alleine sein, er war
mir zu alt, zu jenseits, in dem Alter, in dem sie
nichts mehr zu geben haben und wieder zu
Säuglingen werden, die sich an dir festsaugen,

an dir festkrallen mit ihren kühlen Fingern, als
wollten sie nie mehr loslassen; die alten Frauen
haben dann wieder Puppen im Bett, und
manchmal singen sie mit schaurig scheppern-
den Stimmen. Aber dieser bewohnte seinen an-
geschlagenen Körper mit der Zähigkeit eines
Kapitäns, der das Wrack nicht verläßt: gebro-
chene Masten, zerfetzte Takelage, Salomon Meyer gibt nicht auf.
Ob er schon lange in Tiberias lebe, fragte ich.
Sehr lange, nickte er.
Ich schaute nach den Luftballons, aber sie waren schon verschwunden, davongetragen, vielleicht nach Syrien über die in der Sonne ruhen-
den Berge, über die so viel geschrieben wurde
in den Zeitungen bei mir zu Hause.
Irgendwie erinnerte mich der Alte an meinen
Großvater. Vielleicht war es das Ungepflegte, die
schmuddelige und verfleckte Kleidung, oder es
waren die langen weißen Borsten, die ihm aus
der Nase wuchsen – nur war mein Großvater ein
alter Goj und Grobian, der, meistens unrasiert,
in der Tür stand und *Gude* sagte, *alla, komm
rein* und sich dann ohne weitere Worte umdreh-
te, um durch den dunklen Flur in die Küche zu
schlappen, wo er die Wurst mit dem Messer auf-

spießte, das Messer hielt er fest in der weißbe-
haarten Faust, und die Faust rammte es in den
Mund, der geschickt zuschnappte. Er schnitt
sich nie, er las Liebesromane aus der Leihbü-
cherei, und wenn er sprach, klang es wie das
heisere Bellen eines greisen Wolfes. Salomon
Meyer dagegen war unangenehm aufgefallen
mit seinen guten Manieren, als er Fünfundvier-
zig, oder war es Sechsundvierzig, ins Land kam.
Sie hatten sich über ihn lustig gemacht.
... in diesem herrlichen Land, sagte er und
schaute über den See, so daß ich mich fragte, ob
er vielleicht gar nicht ironisch war.
Seine Geschichte erzählte er nicht, aber wie das
war, wenn er aufstand, um einer Dame Platz zu
machen, wie sie da lachten, die anderen Männer
am Tisch, die ein paar Jahre oder Jahrzehnte vor
ihm gekommen waren aus aller Herren Länder.
Warum stehst du auf? Mußt du aufs Klo oder
was?
Er sprach nicht davon, wo er damals hergekommen war, aber es konnte nicht anders sein. Er
zeigte keinen numerierten Arm vor – er hatte
nur etwas Übriggebliebenes, die Aura einer Geschichte, die so schrecklich war, daß man sie
nicht wirklich überlebt.

Ist es nicht schön hier? fragte er.

Ich nickte.

Davon lebe ich, sagte er. Er lebe davon, daß er jeden Tag hierher komme, um jemanden zu finden, mit dem er reden könne. Touristen, Menschen von außerhalb.

Der See in der Sonne, sehr blau, sehr still, die Ufer ohne Straßen, die Möwen über dem Wasser und dieser alte Mann, der nicht sterben konnte und die Pitah so achtsam in den Chumus tunkte und so andächtig kaute, als wäre das Essen eine heilige Handlung.

Ich fragte ihn nicht nach seinem Alter. Seine Augen waren rot und entzündet. Er sprach nicht davon, daß er nicht mehr lesen konnte, wahrscheinlich schon lange nicht mehr.

Er wischte die letzten Reste Chumus mit viel Pitah auf und aß, als könnte er ewig so weiteressen. Dann bat er um meine Adresse.

Wir wollen uns Briefe schreiben.

Ich sah alles vor mir, das Hin und Her unserer Briefe und daß er mir so etwas wie ein Großvater sein würde, und ich würde ihm vom Leben in Deutschland erzählen, wollte ihn so gerne trösten, alles wiedergutmachen, für ihn da sein, lange Briefe schreiben und allen Leuten in

Deutschland von Salomon Meyer erzählen. Ich
malte meine Adresse auf einen Zettel, den er
dicht vor die Augen hielt, um ihn Wort für Wort
zu entziffern.

Kantstraße? fragte er.

Nein, Sandstraße, sagte ich.

Ach so, Sandstraße, sagte er, und ich wußte, daß
ich ihm nicht schreiben würde, keine Zeit, schon
genug am Hals, und was ging er mich an, dieser
alte Mann, der, nachdem er seinen Teller blank-
geputzt und den letzten Krumen Pitah aufgele-
sen hatte, ziemlich viel redete, wobei er sich
manchmal so verfranste, daß ich ihm nicht mehr
folgen konnte. Krauses und Vernünftiges, alles
ging ineinander über – nur die Tatsachen sparte
er aus: Vielleicht wußte er, daß niemand hören
wollte, was er zu erzählen gehabt hätte, vielleicht hatte er die Erfahrung gemacht, daß seine
Tatsachen die neuen Bekannten verscheuchten,
man kam hierher, um sich zu erholen, Urlaub
machen, oder er schämte sich einfach, schämte
sich, daß man ihm hatte tun können, was man
ihm getan hatte, schämte sich, daß er noch da
war, während so viele um ihn herum hatten
sterben müssen; möglicherweise glaubte er, daß
das Überleben eine Schande war, daß er alleine

schon mit dem Überleben eine furchtbare Sünde
auf sich geladen hatte, oder er wollte sich den
Tag nicht vermiesen, den Fremden nicht stören,
einfach nur da sein, in der Sonne sitzen, aufs
Wasser schauen, dem Flug der Möwen mit dem
Auge folgen und ein Gegenüber haben, jemanden, der ihm zuhörte, so daß er nicht alleine
war für ein paar Minuten oder gar Stunden,
nicht alleine mit sich in einem vermutlich dunklen und feuchten Zimmer, in dem der Putz von
den Wänden blätterte und Kakerlaken davon-
huschten, wenn er nachts das Licht anmachte.
Ich fragte ihn, wo er wohne. Er deutete mit dem
Kopf in Richtung der Stadt, die laut, staubig und
stinkend ist. Ich dachte, daß er dem Lärm und
dem Gestank in seinem Zimmer nicht entgehen
konnte, die Möbel staubig und wackelig, das
Bett klamm, es war Winter, und nicht immer
scheint die Sonne in Tiberias am See Genezareth, und wenn es regnete, konnte er nicht am
See sitzen. Dann war er allein mit seinen Toten
und seinen Tatsachen, nach denen ich nicht
fragte, vielleicht aus Scheu, vielleicht aber auch,
weil ich nicht wissen wollte, wo seine Eltern ab-
geblieben waren, ob er einst Geschwister hatte,
Tanten und Onkel, eine Frau, Kinder, Freunde,

schama, sagen die Israelis, *dort*. Aus dem Land Dort war er gekommen, als einziger übriggeblieben, das war die Tatsache.

Er hörte nicht gut. Ich mußte langsam und laut sprechen, und manchmal verstand er trotzdem nicht. Dann war es, als horche er auf etwas, als ginge er im Wald spazieren und sei gedankenverloren stehengeblieben. Man konnte nicht wissen, und vielleicht wußte er selber es auch nicht, ob er den Vögeln zuhörte, dem Wind in den Bäumen oder einer längst vergangenen Geschichte nachsann, einer ersten Liebe vielleicht, oder ob er gar nichts dachte, vergessen hatte, wo er war und wer, vor allem das. Und vielleicht war er selber ein Baum in jenem Wald, ein morscher, mit dürren, zum Himmel gereckten Ästen, kein grünes Blättchen, aber er stand noch, war nicht umgefallen, stand umgeben von grünbelaubten Bäumen.

Ich spürte seine Angst, daß ich gleich gehen würde. Ich war verabredet, hätte schon gegangen sein müssen, vielleicht spürte er meine wachsende Unruhe, redete dagegen an, ohne Tatsachen und ohne Bitten, redete so, wie die Luftballons über dem Wasser gewesen waren, in der Schwebe, langsam herunterkommend, um dann wieder aufzusteigen und in der Bläue zu

entschwinden. *Dort* hatte er doch sicher einen
Beruf gehabt, kein Wort darüber, was er einmal
gewesen war, und doch gab es etwas, das an seiner Stelle von ihm erzählte: Das war seine Sprache. Ich hörte ein Elternhaus mit einer Emma
oder Lisbeth, schweren Vorhängen, massiven
Möbeln, mit einer wohlgefüllten Speisekammer,
in der es wahrscheinlich nicht koscher zuging,
und einer schönen Mama, die zum Gutenacht-
kuß an sein Bett kam, und natürlich einem Bü-
cherschrank, Schiller und Goethe und Lessing,
vielleicht auch Heine. Hausmusik und Geigen-
unterricht für den kleinen Jungen, der glaubte,
das Schlimmste auf der Welt wäre der abscheu-
lich eckige Kragen seines Matrosenanzuges.
Noch immer waren wir die einzigen Gäste in
den Restaurants am See-Ufer. Ich dachte, daß er
schon lange wach war und darauf gewartet hatte, an den See gehen zu können, wahrscheinlich
schlief er schlecht, lag viel wach, alleine mit seinem Tod, der sich breitmachte in seinem Körper, sich aber zurückziehen mußte, wenn er am
See war, Chumus aß und jemanden fand, mit
dem er reden konnte.
Bevor du gehst, sagte er, will ich dir etwas zeigen.

Ein zerfleddertes Fotomäppchen, in dem immer
wieder dieselben beiden Fotografien steckten:
eine blonde Frau – auf einem Bild war sie hoch-
schwanger, auf dem anderen hielt sie Zwillinge
im Arm.

Meiner Frage, wer das sei, wich er geschickt
aus. Es waren Farbfotografien, sie konnten nicht
sehr alt sein. Ein zusammengefalteter, schon
ziemlich zerknitterter Brief lag dabei. Er war in
einem eher förmlichen Ton gehalten. Nichts Ver-
wandtschaftliches.

Wir wollen uns Briefe schreiben.

War es das? Eine Touristin aus dem Land Schama, eine Nachgeborene?

Einen Augenblick lang vergaß ich den krummen
Rücken, den verwilderten Bart. Sie kam mir
vertraut vor, diese brüchige, wohlklingende
Stimme. So reden bei uns in Deutschland die ge-
bildeten alten Männer. Herr Sartorius zum Beispiel. Der hat dieselbe gepflegte Sprache und
auch einen gebeugten Rücken. Er lebt in einem
schönen hellen Haus auf dem Berg, umgeben
von Büchern und Bildern. Immer glattrasiert,
immer ein frisches Hemd. Vielleicht etwas jünger als Salomon Meyer, vielleicht auch nicht. Er
hat ein Gefühl für Gerechtigkeit und einen sinn-

lichen Mund. Sein Haar ist weiß und gepflegt, und seine Frau ist eine liebenswürdige Gastgeberin.

Arthur Mayer oder Das Schweigen

1 Abtransportieren, sagte Herr A wie Anders oder Anhalt. Stillschweigend abtransportieren.

Herr A und ich, wir kennen uns schon lange, viele Jahre, fast zwei Jahrzehnte. Immer schon hat er diesen messerscharfen Mund und eine gewisse Zärtlichkeit, die mich anfällig macht, obwohl er unzärtlich immer schon war, wenn es um *jene Zeit* ging. Feindselig wird es dann zwischen uns, wir starren uns an, und seine Augen erscheinen mir wie Disteln. Ich weiß nicht, ob er Soldat war, ob sie ihn aus der Schule geholt haben, um ihm ein Gewehr in die Hand zu drücken, über so etwas reden wir nicht, haben wir nie geredet, Stillschweigen liegt über jener Zeit, in der er aufgewachsen ist und gewiß eine Uniform trug wie die anderen, am Lagerfeuer Lieder sang und von den Großen hörte, wer Freund ist und wer Feind. Seitdem ist beinahe ein halbes Jahrhundert vergangen, Herr A war ein guter Vater, demnächst wird er Großvater. Zur Zeit zieht er endlose Redeschleifen über unseren vielzüngigen Brüdern und Schwestern von drüben, er bittet für sie, nein, er fordert Schweigen.

Der Stein steht an einer Ausfallstraße, und Herr A hat ihn zufällig entdeckt, als diese Straße eine Zeitlang gesperrt war und er zu Fuß gehen mußte, um sein Haus zu erreichen. Sonst geht dort niemand zu Fuß, enge Straße, kein Bürgersteig, rasende Autos. Ich wußte nichts von dem Stein an dem abgelegenen Ort und nichts von Arthur Mayer.

Der war sehr beliebt, sagte Frau B. Ein guter Arzt ... hat mich behandelt, wie ich ein Kind war.

Abtransportieren, sagte Herr A. Stillschweigend abtransportieren.

2 Die Straße führt durch ein Tal, zwischen dunkel bewaldeten Hügeln hindurch. Es geht stetig bergauf.

Ich suche eine Weile, bis ich den Stein finde. Die beschriftete Seite ist der Straße zugekehrt.

DR. ARTHUR MAYER-RUHE

GEBOREN 20. I. 88, GESTORBEN IN AUSCHWITZ

WIR GEDENKEN SEINER STELLVERTRETEND FÜR AL-

LE MENSCHEN, DIE AUS POLITISCHEN, RASSISCHEN
ODER RELIGIÖSEN GRÜNDEN IHR LEBEN LASSEN
MUSSTEN.

DIE BÜRGER DER GEMEINDE S

3 S wie Schönberg oder Schwarzdorf: 10 494
Einwohner, 2 Kirchen, 2 Banken, eine Sparkasse, ein Altenheim (schön gelegen, am Waldrand
gleich neben dem Friedhof), 3 Apotheken, eine
Sport- und Kulturhalle, 4 Immobilienmakler, ein
altes und ein neues Rathaus, ein nach dem französischen Schwesterstädtchen benannter Platz
mit Springbrunnen und Bänken, an denen Last-
wagen auf ihrem Weg gen Süden vorbeirasen
und die Motorradfahrer ordentlich aufdrehen,
14 Gaststätten (darunter eine italienische und
eine portugiesische), 3 Tankstellen, eine Eisdiele
(in deren Umgebung an warmen Tagen im Sommer die Menschen Eis schleckend auf Bord-
steinen, Treppenstufen und Motorrädern sitzen;
im Winter kann man dort Pelzmäntel kaufen),
5 Bäckereien, 3 Boutiquen, ein bürgerliches Kleidungsgeschäft (seit über 80 Jahren), ein Augen-
arzt, 3 Frauenärzte, 5 Allgemeinmediziner und
3 Frisöre.

4 Der Doktor Mayer, der, sagt Frau B wie Brunner oder Brauner, hat mich noch behandelt, als ich ein Kind war. Sie sagt das wie jemand, der sich gerne an alte Zeiten erinnert, lang vergangene Zeiten, als sie noch jung war und Schönberg noch ein kleiner Ort mit nicht viel mehr als tausend Einwohnern. Das war ein guter Arzt, der Doktor Mayer, den kannte ich gut, sagt sie, nicht ahnend, daß sie sich ein paar Monate später überhaupt nicht mehr erinnern wird.

Ich habe sie immer bewundert. Sie ist Ende Siebzig, und ihre Bewegungen sind jung, und ihr Lachen ist jung. Sie und ihr Mann sehen aus wie glückliche Menschen, die sich ihres Leibes und ihres Lebens freuen. Herr B ist Mitte Achtzig und trägt das weiße Haar wie eine Künstlermähne, und manchmal küßt er mir die Hand, und immer sind sie freundlich zu mir, im Sommer backt sie Kirschkuchen und lädt mich zum Kirschenpflücken ein.

Der war sehr beliebt, sagt sie mit hessischem Zungenschlag, und ich denke, es gibt ja noch Leute, die ihn kannten. Ich könnte versuchen, ihn mit Worten lebendig zu machen. Frau B wird mir gewiß von ihm erzählen.

5 Wann is der eigentlich fottkomme? fragte Frau B. Ich weiß gar nit, wann der weg ist. Wann ist der weg? Der ist, glaube ich, noch vor dem Umsturz weg.
Vor was für einem Umsturz?
Na, vor dem Umsturz.
Was meinen Sie nur?
Ja, Dreiunddreißig.

6 Wie kommen Sie eigentlich auf den Arthur Mayer?
Jetzt siezt sie mich wieder. Eine Zeitlang haben wir uns geduzt. Ich beginne zu erzählen, aber sie hört schon nicht mehr zu, kramt in Schubladen, redet von ihrem Urgroßvater, sucht sein Foto und das Testament, *das* wollte sie mir zeigen; beharrlich komme ich auf Arthur Mayer zurück, beharrlich erzählt sie von ihrem Urgroßvater, der Flügeladjutant beim Großherzog war.
... als Kinder haben wir immer gesagt: Bügeladjutant.

7 – aber die Tante, die könne sich bestimmt erinnern.
Die ist noch sehr gut beeinander. Herr B nickt. Tadelloses Gedächtnis. Seine Stimme ist weich,

und seiner Sprache ist nicht anzuhören, woher
er kommt. Die Tante ist 87 Jahre alt. Ihr Kurz-
zeitgedächtnis sei nicht besonders gut,
... aber von früher, da weiß sie alles.
Die Tante ist 1918 nach Schönberg gekommen.
Ich rechne. Dann hat sie also 16 Jahre im gleichen Ort mit Arthur Mayer gewohnt.
Frau B will die Tante fragen, wann ich sie besu-
chen kann.
Schon am nächsten Tag ruft Frau B an.
Die Tante hat gesagt, sie weiß nix. Die erinnert
sich an nix. Sie weiß gar nix. Meine Tante hat in
solchen Sachen ein schlechtes Gedächtnis. Sie
hat gesagt, Sie sollen sich an Herrn Conrad
wenden, der forscht auch.

8 Es ist nicht nur Frau B, die Lebenslustige, die
mich auf Herrn C wie Conrad oder Clemens ver-
weist. Auch Herr D wie Daniel oder David sagt:
Um Herrn Conrad kommen Sie nicht herum. Der
hat hier das Monopol.
Ich weiß. Zum fünfzigsten Jahrestag der Pogrom-
nacht gab es eine Ausstellung in der Schönberger
Sport- und Kulturhalle, in der auch der jähr-
liche Tanzsport-Wettbewerb stattfindet, die Ras-
sehühner-Ausstellung, das Treffen der Brief-

markenfreunde, der Feuerwehrball: *Juden in Schönberg.*

Als ich den Raum betrat, kam ein großer, gut-aussehender älterer Mann auf mich zu, streckte mir die Hand entgegen.

Sie begrüße ich hier besonders gern.

Da wir uns nicht kannten, nahm ich an, er meinte, eine Jüdin schmücke seine Ausstellung. Plaudernd führte er mich umher. Ich war etwas verwirrt. Die Fotos, die Briefe von Überlebenden an Herrn C, alles erweckte den Eindruck, als sei irgendwann *irgendwie* eine Naturkatastrophe über die Juden hereingebrochen.

Ich rufe Herrn C an.

Sie werden es nicht glauben, sagt er. Ich habe gerade ein Foto von Arthur Mayer in der Hand gehalten.

Herr C arbeitet an einem Buch über die Juden von Schönberg. Die Gemeinde hat ihn damit be-traut und sehr viel Geld dafür zur Verfügung ge-stellt, sagt Herr C.

Herr C war Lehrer. Jetzt ist er pensioniert, war fünfmal in Amerika, um Überlebende zu besu-chen, und bald fährt er zum drittenmal nach Israel. Auschwitz hat er zweimal besichtigt, Dachau und Treblinka ebenfalls, und erst heute morgen hat ihm jemand Dokumente in den Briefkasten geworfen, von deren Existenz er nichts wußte.

Der Bericht des Landgendarmen von 1936 ... die Leute wissen eben, daß ich zuständig bin.

9 Arthur Mayers Familie lebte seit 1698 in S, also zweihundertfünfunddreißig Jahre lang, etwa zehn Generationen bis zum Reich der Nationalsozialisten.

Er war sehr beliebt, sagt Herr C. Wenn der zu armen Leuten gekommen ist, dann hat er gesagt, des kost nix, des bezahle die annern.

Am 10. 10. 1933 meldete sich seine Frau Margarethe nach Metz ab. Arthur Mayer folgte ihr ein halbes Jahr später. Er war sechsundvierzig Jahre alt, als er seinen Heimatort verließ, sein Haus, seine Praxis, seine Familie, um bei seinen Schwiegereltern zu wohnen, die ein Schuhgeschäft in Metz hatten.

10 Juden gab es seit 1698 in S. Meist waren sie Vieh- oder Futterhändler. Ein Handwerk durften sie nicht ausüben, Ackerland nicht erwerben. Bürgerrechte erhielten sie erst 1848.

1867 lebten fünfzehn jüdische Familien in S. Die

jüdische Gemeinde kaufte die Hofreite eines
nach Amerika ausgewanderten Bauern und er-
baute an ihrer Stelle eine Synagoge mit Frauen-
bad, Schule und Lehrerwohnung.

1936 wurde die Synagoge an Willy Schneider
verkauft. Ich frage eine Bekannte im Gemeinderat, warum es keine Gedenktafel an der ehemaligen Synagoge gibt. Die Bekannte erzählt, man
habe bei der heutigen Besitzerin, Frau E wie
Ernst oder Engel angerufen, um zu fragen, ob
sie einverstanden wäre mit einer Gedenktafel.
Die alte Frau habe angefangen zu weinen.

Um Gotteswille, dann schmeise die mir ja die
Scheibe ei.

So verzichtete man auf die Gedenktafel.

11 Es ruft mich eine Frau F an, F wie Faust
oder Fischer. Sie kennen mich nicht, sagt sie.
Aber ich bin in derselben Lage wie Sie.

Ich weiß sofort, was sie meint. Sie meint das,
was Mutter, auch Jahrzehnte, nachdem die Gefahr vorbei war, noch immer *es* nannte, als wäre
nichts vorbei, als wäre die Zeit stehengeblieben
in *jener Zeit*, da man das Wort *Jude* besser nicht
aussprach, so wie man es vermeidet, vom Tod zu
reden oder nachts über den Friedhof zu gehen.

Sie habe etwas geschrieben über *damals*, sagt
Frau F. Ob ich bereit sei, es zu lesen?
Frau F hat aufgeschrieben, wie sie im Reich der
Nationalsozialisten überlebt hat. Sie möchte das
Manuskript veröffentlichen.
Es wäre interessant, wäre es nicht mit der chro-
nischen Vorsicht eines abgetauchten Menschen
geschrieben, alle Spuren verwischt, jedes per-
sönliche Gefühl getilgt, aus einem Untergrund
heraus, der seinen Ort im Innern hat – äußer-
lich ein Leben vor aller Augen, scheinbar ganz
normal, wie alle anderen, aber mit einem le-
bensbedrohenden Geheimnis; die Angst davor,
daß *es rauskommt*, verbindet Opfer und Täter.
Ich frage Frau F, ob sie bereit sei, aus der Dek-
kung zu kommen.
Nein, sagt sie, die bisher unsicher und zögernd
gesprochen hat, sehr bestimmt. Ich habe Kinder, und man kann nie wissen, wie die Zeiten
noch einmal werden.

12 Ein sonniger Wintertag. Der Himmel über S
wie Schönberg ist hoch und blaßblau. Gestern
habe ich Herrn G angerufen, G wie Gärtner oder
Grimm.
Des warn gude Azt, sagte Herr G, als ich nach

Arthur Mayer fragte. Der war sehr beliebt, aber
sache kann ich Ihne nix.

Ob er nicht bei Doktor Mayer in Behandlung gewesen sei.

Doch, sagte Herr G.

Ich redete ihm zu.

Er gab sich einen Ruck. Dann kommese mosche
middach um drei.

Ich bin ein paar Minuten zu früh da, weil er so
nahe wohnt, daß ich die Zeit nicht einschätzen
konnte.

Ich klingele. Im Haus rührt sich nichts. Ich bekomme ein schlechtes Gewissen, fürchte, Herrn G
beim Mittagsschlaf gestört zu haben. Schließlich
ein Kopf, der hinter der Haustür hervorspäht,
und dann ein kleiner Mann im Trainingsanzug,
der Körper schräg, ein Auge schielend, wäßrig-
blau, später höre ich, daß man ihn den Bach-
parre nennt.

Sind Sie die Schriftstellerin?

Ja, sage ich, und er streckt abwehrend die Arme
aus.

Ich kann Ihne nix anneres sache, als was ich Ihne schon am Telefon gesacht hab. Es hat gar
keinen Zweck, daß Sie Ihre Zeit ...

Offenbar ist er entschlossen, mich nicht hinein-

zulassen. Wir stehen im Hof, auf halbem Weg
zwischen Tor und Haustür. Ich sehe, daß seine
Hand zittert. Der ganze schrägstehende Körper
spricht von Angst. Trotzdem frage ich, ob er
nicht vielleicht doch ...

Nix zu mache, sagt er. Er habe mich schon heute morgen anrufen wollen. Er nennt eine Tele-
fonnummer, fragt, ob das meine sei.

Ja, sage ich und staune, daß er meine Nummer
auswendig weiß. Wahrscheinlich hat er nachts
Angst bekommen, hat wach im Bett gelegen, an
damals gedacht und Angst bekommen, solche
Angst, daß er gleich am Morgen absagen wollte,
aber nicht wagte, auf den Anrufbeantworter zu
sprechen.

Ich kann mich an nix erinnern, sagt er, es is
sechzig Jahre her.

Aber er hat Sie doch behandelt.

Ja, sagt er und vergißt für einen Augenblick,
daß er sich an nichts erinnert. Sogar noch Zwei-
unddreißig, da war ich obbe im Wald, Holz mache ... Entzündung ... Doktor Mayer behandelt,
des warn gude ...

Beim Reden hat er mich zum Tor zurückge-
drängt.

Ich kann Ihne nix sache. Es muß ihm plötzlich

wieder eingefallen sein, daß er sich an nichts erinnert.

Weiß auch nit, wann der fottkomme is ...

Ausgewandert, sage ich. Schon Neunzehnhundertvierunddreißig.

Neunzehnhundertvierunddreißig? sagt er erleichtert. Da war ich schon beim Abbeitsdienst. Ich kann Ihne wecklich nix sache. Und schon hat er das Tor aufgemacht und streckt mir entschlossen die Hand hin. Nix für ungut. Nix zu mache.

Kein Wunder, sagt Herr H wie Hartmann, Hoffmann oder Hübner. Der Fritz G war bei der SA.

13 Bei der Reichstagswahl im März 1933 bekamen die Nationalsozialisten in Schönberg 692 Stimmen, das waren fast genau fünfzig Prozent aller Stimmen. Es lebten damals etwa dreißig Juden in Schönberg.

Am 28. März 1933 begann »der nationale Boykott gegen die Juden«.

Am 29. März 1933 wurde »unser Volkskanzler und Führer Adolf Hitler« zum Ehrenbürger von S ernannt. Die Bahnhofstraße wurde zur Adolf-Hitler-Straße. Verkündung der Beschlüsse durch

den Bürgermeister bei der Mitgliederversamm-
lung im Gasthaus Zur Krone. Umzug durch den
Ort. Besuch von Adolf Hitler.

Ich versuche, mir vorzustellen, wie Arthur Mayer das erlebte, die fahnengeschmückten Häuser,
die Menge am Straßenrand, die gereckten Arme, hier, wo ich täglich einkaufen gehe, in das
Schaufenster der Boutique schaue, ob es da was
Schönes gibt, Heftpflaster besorge, Briefumschlä-
ge und neue Batterien, hier, wo er großgeworden
ist unter Menschen, die er kannte, solange er
denken konnte. Noch vor ein paar Jahren war er
Mitglied des Gemeinderats und jetzt ... *und
wenn das Judenblut vom Messer spritzt, dann
geht's noch mal so gut.*

Zuerst wird er nicht geglaubt haben, was er
hörte, wie sie plötzlich redeten, der Krüger, der
Anheißer und der Kammler und der Gärtner
Fritz, mit dessen Vater er zusammen im Gemeinderat gesessen hatte, für die Sozialdemo-
kratische Partei. Der Fritz Gärtner, sagt Herr H
wie Hartmann oder Hübner, der hat vielleicht
ein Schächtelche Zigarette gekriegt, dafür, daß
er zu der SA is ... fürn Schächtelche Zigarette
sind viele hin. Und dann zogen sie grölend
durch die Straßen, vorbei an Arthur Mayers El-

ternhaus und an Arthur Mayers Praxis, in die
vermutlich kaum noch jemand kam, *Deutschland erwache, Juda verrecke*, nicht irgendwelche uniformierten Kerle, sondern der Fritz und
der Hans und der Ludwich, mit denen er und
seine Brüder gespielt und gerauft hatten. Sie
waren miteinander zur Schule gegangen, hatten
voneinander abgeschrieben, den Lehrern Strei-
che gespielt und gemeinsam Prügel bezogen.
Später hatte er Bier mit ihnen getrunken auf
der Kerb und noch später mit ihren Schwestern
getanzt, und dann war er mit ihnen zusammen
in den Krieg gegangen. Manchmal werden sie
vergessen haben, was er war, ein Judd, einer,
der nicht dazugehörte, der schlächt Judd, aber
wenn die Schönberger auf die Neunkirchner tra-
fen, dann war er ein Schönberger, und im Krieg,
in den endlosen Tagen und Nächten auf dem
Schiff, wird er sich genauso nach Schönberg ge-
sehnt haben wie die Väter von Fritz und Hans
und Ludwig, die irgendwo weit weg von zu Hause im Dreck steckten.

Nachdem er zurückgekommen war, half er ihren
Kindern auf die Welt, horchte an ihren Herzen,
verband ihre Wunden, klopfte ihre Rücken ab.

Sie haben es nicht vergessen.

Des warn gude Azt.

Der war sehr beliebt.

Am Anfang wird Arthur Mayer sich noch sicher gefühlt haben. Mir können die nichts tun, ich war doch Offizier. Und dann weniger Patienten in der Praxis, weniger Grüße auf der Straße, weniger Schwätzchen, viel ausweichende Blicke, eine seltsame Leere und vielleicht ab und zu ein Schulterklopfen, mach dir nix draus oder ein Achselzucken, ja da kann me nix mache.

Das Begreifen langsam, nicht auf einmal, und mit dem Begreifen die Angst, erst noch beschwichtigt, selber nicht geglaubt, aber dann die nächtlichen Anrufe, jemand bestellt ihn zu einer Entbindung, und dann ist da nichts.

14 Kurz vor Weihnachten, ein blaßblauer Winterhimmel und ausgestorbene Straßen. Es ist Samstagnachmittag.

Hauptstraße 19. Das Rathaus, der Brunnen, der Gasthof und dieses alte Backsteinhaus, zweistöckig, mit Giebeln. Dies also war Arthur Mayers Elternhaus. Diese steinernen Stufen ist er hinaufgestiegen, wenn er von der Schule kam, von der Universität, vom Krieg, von Gemeinderatssitzungen. Zu seiner Partei gehörten ein

Bauer, ein Lackierer und ein Maurer, die werden
auch zu ihm gekommen sein, wenn der Magen sie
zwickte oder die Säge ins Bein gefahren war.

Im Parterre, wo Arthur Mayers Eltern Viehfutter
verkauften, ist jetzt ein Papiergeschäft mit einem Schaufenster links und einem rechts von
der Tür. Postkarten *Aus Schönberg einen honig-
süßen Gruß, denn* ... jede Menge Geschenkpapier und viele Rollen Geschenkband in allen
Farben. Im anderen Schaufenster ein mit Schlau-
fen und künstlichen Kerzen geschmücktes Weih-
nachtsbäumchen und Karten *Im Neuen Jahr nur
noch bergauf* und *Weihnachten? Winter? Kälte?
Nein danke!* Ein Zigarettenautomat, eine Camel-
Reklame.

15 24. Dezember, am Vormittag. Herr D wie
Daniel oder David, mein Schönberger Mitjude,
beim Zeitschriftenhändler.

Herr D kniet am Zeitschriftenstand.

Eine alte Frau rammt ihm, wie Herr D versi-
chert, mit erstaunlicher Kraft, ihr Knie in den
Rücken.

Platz da, hier ist kein Lesesaal.

Wortwechsel.

So wie Sie aussehn, sagt die alte Frau, sind Sie

kein Deutscher. Gehn Sie doch in Ihr Land. Sie haben hier nichts zu suchen.

Ich bin genauso arisch wie Sie, erwidert Herr D. Aber wenn Sie stellvertretend für die Deutschen sind, dann bin ich froh, daß ich keiner bin.

Sind Sie denn kein Deutscher? frage ich Herrn D.

Doch, sagt der, in dem Moment hab ich das vergessen.

16 Es ist Sonntagmorgen. Die Glocken läuten. Durch den Briefkastenschlitz schimmert etwas. Vielleicht ein persönlich abgegebener Brief?

Es ist ein Flugblatt.

Deutschland ist in fremden Händen!

Bedarf es dafür noch weiterer Beweise? Ist die hemmungslose Überfremdung und Zerstörung unseres Volkstums nicht allen Deutschen gegenwärtig? Der ungezügelte Asylantenstrom nicht erdrückend bekannt?

»Die Bundesrepublik muß Einwanderungsland bleiben, sonst werden die Deutschen durch den Bevölkerungsrückgang ein schrumpfendes Volk.« Das sagt H. Geißler, CDU-Präsidiumsmitglied, kürzlich in einem Interview der Bild. Auf gut deutsch; Geißler will unser Volk mit Negern, Klein- und Großasiaten »beglücken«. Ist dieser Mann irre oder verbrecherisch?

»Weiße Frauen sollen von Mitgliedern der dunklen Rassen begattet werden und weiße Männer nur dunkle Frauen begatten dürfen. So wird die weiße Rasse verschwinden, da Vermischung der Dunklen mit der Weißen das Ende des weißen Menschen bedeutet, und unser gefährlichster Feind zur Erinnerung wird.« Soweit die Vorstellung des Rabbiner Rabinovich.

Gemeine zersetzende Kreise haben von jeher unser Volk beschimpft und verleumdet. Mit dem Sturz des kommunistischen Verbrechersystems in Mitteldeutschland geraten aber nun auch jene ans Licht, die seit Gründung des real existierenden Volksbetruges sich immer als solide Stützen dieses Unterdrückersystems erwiesen. Unter anderem sei in d. Z. auf Hilde Benjamin und den verjudeten roten »Schriftstellerverband der DDR« verwiesen, deren Mitglieder über Jahrzehnte in wahrhaft aufopfernder Weise der deutschen Bevölkerung die »Segnungen« des Sozialismus nahezubringen suchten.

Wie viele »Auserwählte« es insgesamt waren, die dieses Verbrechersystem stützten, bleibt noch genau zu ermitteln. Umseitig nur eine kleine Auslese der Bekannteren von ihnen. Sie erfreuen sich allesamt, ungeschoren, der Freiheit ... – Darum kann für uns Deutsche nur Losung sein:

MACHT DEUTSCHLAND FÜR DEUTSCHE FREI !

17 Wenn ich jetzt von Schönberg nach Walldorf fahre, durch das Walldorfer Tal, zwischen dunkel bewaldeten Hügeln hindurch, halte ich nach dem Stein Ausschau, dessen obere Hälfte einen Augenblick lang zwischen den Baumstämmen sichtbar wird. Für die Dauer eines Lidschlags habe ich den verwitterten Stein im Blickfeld und im Kopf Bilder von Arthur Mayers Leben.

18 Nach dem Einmarsch der Deutschen flüchtete Arthur Mayer mit seiner Frau Margarethe und der Schwiegermutter nach Lyon. Am Telefon erzählte Schönbergs Judenfachmann, Herr C wie Conrad oder Clemens, ein Schulfreund seiner Frau habe miterlebt, wie Arthur Mayer, seine Frau und seine Schwiegermutter in Lyon »aufgegriffen« wurden.

Erst jetzt frage ich mich, wie es wohl zugegangen sein mag, wenn ein Soldat aus Schönberg in Lyon »miterlebt« hat, daß die Familie »aufgegriffen« wurde. Ging der Soldat zufällig durch die Rue Git le Coeur, als er zufällig sah, wie zwei SS-Leute zufällig auf die Familie Mayer stießen? Den Staatsfeinden Dr. A. Mayer und Margarethe Mayer, geb. Benetik, war am 5. 12. 1940 die deutsche Staatsangehörigkeit aberkannt worden. Es war im Jahre 1943, daß Mayers »abgeholt« wurden, und vielleicht war unter den »Ab-

holenden« der Schulfreund von Herrn Cs Frau,
die eine Alteingesessene ist, im Gegensatz zu
Herrn C, der ein Zugereister ist. Wie das gewesen sein mag, als der Schönberger Bub in der
französischen Stadt Lyon auf den Schönberger
Arzt Arthur Mayer traf, der ihm wahrscheinlich
vor noch gar nicht so langer Zeit in den Hals gesehen hatte ... und jetzt AHHHH sagen? So viele
Fragen: ob der Schulfreund von Herrn Cs Frau
zu erkennen gab, daß er *diesen Juden* kannte?
Ob er sich schämte? Ob er in der Nacht darauf
gut schlief?
Dr. Arthur Mayer wurde am 20. 12. 49 vom
Amtsgericht Z für tot erklärt.

19 Herr C, klagt Herr H, der Geschichtslehrer
ist und sich bereit erklärt hat, mir zu erzählen,
was er weiß, Herr C hat hier das Judenmono-
pol. Er durfte die Judenmatrikel auswerten. Er
weiß, welche Häuser aus jüdischem Besitz an
wen gingen, zu welchem Preis. Herr C war
Volksschullehrer, hat die christliche Partei von
Schönberg mit aufgebaut, war zwanzig Jahre im
Gemeindeparlament, war Kreistagsabgeordne-
ter, einer der Mächtigen, sagt Herr H, der Geschichtslehrer.

20 Tut mir leid, sagt Herr C, inzwischen habe ich etliche Anrufe von Leuten bekommen ... Sie haben da offenbar ... unter diesen Umständen kann ich Ihnen nichts sagen. Ich muß Sie warnen, ich muß sagen, Sie riskieren da etwas. Sie reden mit Leuten, von deren Vergangenheit Sie nichts wissen ... dunkle Punkte in der Vergangenheit ... mit großer Sorgfalt bin ich da vorgegangen ... intime Dinge ... Vertrauen entstanden, und nun befürchte ich eines, liebe Frau: daß Dinge, die Ihnen gesagt werden, irgendwie mit mir in Beziehung gebracht, daß hier Vertrauen zerstört wird. Wenn also Dinge über die reine Information, über das, was man sowieso weiß, wenn das darüber hinaus, wenn Ihnen Dinge erzählt werden, dann bin ich mit betroffen. Also liebe Frau, ich hab ein halbes Jahr lang hin und her telefoniert, gell, weil das eine Story geworden wäre. Mir wurde geraten, Herr Conrad, lassen Sie ... wir lassen den Deckel drauf. Verstehen Sie: Wir lassen den Deckel drauf, wir rühren da nicht dran. Das ist auch der Grund, sagte mir ein Doktor Soundso (ich nenne jetzt nicht den Namen), weswegen meine Mutter hier nicht geredet hat. Ich habe das akzeptiert. Eine Kusine von ihm aus Chicago hat mit lebenden

Enkeln gesprochen und es fast so weit gebracht, daß sie sagten, ja, was liegt uns dran, der hat sich ja einen andern Namen gegeben. Dann sprach ich wieder mit ihm, dann hieß es: Nein, wir lassen den Deckel drauf. Liebe Frau, ich bin also hier, in dieser Beziehung bin ich mehr als vorsichtig, und als ich hörte, Sie waren bei dem und bei dem, ja auch der Fritz Gärtner, der fragte auch: Was soll denn das? Du weißt doch alles. Aber das ist nicht der Punkt, weswegen ich so vorsichtig bin, jedenfalls, liebe Frau, es wird ja bald mein Buch geben, und da ist auch ein Kapitel über Rudolf Mayer. Was? Was hab ich gesagt? Rudolf, das ist der Großonkel, das ist der Mann, der auf dem Ausstellungsplakat, der Mann, dem die Rathaus-Schänke gehörte. Mit dessen Enkelin habe ich auch ganz enge Verbindung, die war hier und hat vor Schülern gesprochen und hat sozusagen wieder ein Vertrauen aufgebaut, und sie ist dabei, auch Mißtrauen abzubauen bei einer anderen Mayer-Familie, die mir immer noch nicht geantwortet hat, aber das kriegen wir auch noch, gell, und wenn jetzt also Dinge rauskommen, das würde der Sache schaden. Ich erfahre doch alles, die Leute sagen mir alles, aber nur, weil sie wissen, der sagt es nicht weiter, und jetzt kommt das raus. Es ist nirgendwo, das kann ich Ihnen versichern, nirgendwo größeres Vertrauen als in Schönberg. Ich bekam gerade heute, von der Carolyne, das ist auch eine Mayer, bekam ich einen ganz herzlichen Brief und übrigens eine neue Einladung nach Chicago, das sind alles Dinge, die gehn hier in Schönberg, und das rechne ich mir zum Teil an, und wenn Sie heute zur Rechenschaft gezogen werden, wenn Sie jemand anzeigt, also liebe Frau, es tut mir leid. Ich hätte Ihnen gern geholfen, aber ich hab mir das gut überlegt, hab mir auch Rat geben lassen, und ich bleibe dabei. Nein, als Konkurrenz empfinde ich Sie nicht, hier geht es nicht um meine Person oder um meine Ehre, das verstehen Sie vielleicht falsch. Darum geht es nicht. Mir geht es einfach um die Urheberschaft, sozusagen um die Quelle, von der die Dinge kommen, und ich fühle mich da irgendwie, nein, ich fühle mich nicht, ich *bin* da einfach der Betroffene.

21 »Bei Vergebung von Arbeiten und Lieferungen seitens der Gemeinde werden nur Volksgenossen berücksichtigt, die keinen Verkehr mit Juden haben, nicht bei ihnen kaufen und nicht

mit ihnen in Verbindung stehen. Zuzuggenehmi-
gung und Geländeverkauf an Juden wird diesen
nicht erteilt resp. mit diesen nicht getätigt.«
(1935)

22 Ich treffe den alten Herrn I, der gar nicht
wie ein alter Herr aussieht, sondern zwanzig
Jahre jünger. Herr I wie Ilse oder Idel wohnt in
meiner Nähe. Wir sehen uns fast jeden Tag, und
manchmal halten wir ein Schwätzchen.
Die Schlange vor der Kasse im Supermarkt ist
lang. Herr I stellt sich hinter mir an. Ich habe einen Korb voll Waren, er hält eine Tüte Paniermehl und Bananen in der Hand.
Wie es geht, fragt er, und ob ich gut ins neue
Jahr gekommen bin.
Ja, sage ich und erkundige mich nach ihm.
Er sei zu Hause geblieben.
Ob es viel Knallerei gegeben habe, frage ich.
Dieses Jahr sei es nicht so viel gewesen, sagt er
und spricht von der Jugend und von den Alten,
die neidisch auf die Jungen sind, weil sie schießen können.
Na ja, fügt er hinzu, die sterben ja aus, und ich
denke an das, was mich in diesen Tagen am
meisten beschäftigt, wie das wohl gewesen ist

für Arthur Mayer und die Seinen, und weil ich nun schon ahne, was kommen wird, muß ich mir einen Ruck geben, um zu fragen.

Ob er ein alter Schönberger sei, fange ich vorsichtig an.

Ja.

Und haben Sie den Doktor Mayer noch gekannt?

Freilich.

Sein Blick verändert sich. Eben noch hat er mit mir geflirtet, war dicht an mich herangetreten, überschritten der übliche Abstand zwischen Menschen und die Augen blitzend, alles mit den Bananen und dem Paniermehl in der Hand und ohne weitere Absichten, aus lebenslänglicher Gewohnheit, und jetzt ist es aus damit. Er tritt einen Schritt zurück. Mißtrauen im Blick.

Wie er gewesen sei, der Doktor Mayer, frage ich, und er sagt, des warn gude Azt, des war alles nicht so wie heut, es hat nicht jeder einen Krankenschein, und der Doktor Mayer hat auch nicht danach gefragt, der hat gesagt, werdense erst ma gesund, ganz anners wie der Doktor Jungmann, der wo später zukomme is.

Ach, war der auch Arzt? frage ich.

Ja, sagt er, aber kein guter, und ich komme auf

Arthur Mayer zurück, möchte so gern wissen,
wie der war.

Eija normal, sagt er.

Und wann ist er weg? frage ich. Es ist auch ein
Test, wie gut er sich erinnert, wieviel er noch
weiß.

Herr I wie Ilse oder Idel überlegt einen Augenblick, dann sagt er – Vierunddreißig, und ich
denke, du hast ja ein ausgezeichnetes Gedächtnis und frage nach Arthur Mayers Frau.

Die hat man kaum gesehen, von der weiß man
nichts.

Das Wort Jude fällt kein einziges Mal. Es bleibt
unerwähnt, wo er gestorben ist, und unerwähnt
bleiben Worte wie Nationalsozialismus und Fa-
schisten.

23 Aus der Chronik der evangelischen Kirche
von S, 1919–1922:

»Neue Beunruhigung in das Schönberger politische Leben brachte der 1919 hier zuziehende,
von hier stammende jüdisch-freigeistige Arzt
Dr. Arthur Mayer, der zuerst die demokratische
Gruppe leitete, aber später Sozialist wurde und
August Anders, der 1922 ins bürgerliche Lager
schwenkte, aus seiner Parteistellung verdrängt.

Sehr begabt, energisch, skrupellos bedeutet er
eine Gefahr für die religiös-sittliche Erfahrung
der Gemeinde. Ich spüre ihn überall als Gegen-
spieler der Kirche. Die wenig feste und treue Art
der Schönberger kommt ihm entgegen. So ge-
lang ihm, Ende 1922 eine sozialistische Gemein-
deratsmehrheit zu erzielen, in der er den Ton
angibt. Die in der praktischen Arbeit ruhiger ge-
wordenen alten Gemeinderäte wurden bis auf
... ersetzt durch radikale Elemente. Um finanzi-
ell wenigstens nicht gehemmt zu sein, führte die
Kirchengemeinde eigene Steuern ein. Auch anderem hoffen wir mit Gottes Hilfe zu begeg-
nen.«

24 Gegenüber dem Laden in der Hauptstraße 19, in dem heute Zeitungen, Zigaretten, bunte
Bänder und Geschenkpapier verkauft werden,
steht ein schmuck restauriertes Fachwerkhaus.
»Das kleine niedrige Haus mit seinen ockerfar-
benen Gitterrahmen, den verputzten Wänden,
stand an der Hauptstraße gegenüber dem massiven zweistöckigen roten Backsteinhaus von
Onkel Mayers Bruder Salomon, welches ein herr-
liches Herrenhaus mit breiten, steinumrahmten

Fenstern entlang seiner breiten Vorderseite war.
Onkel Mayers Haus hatte ebenfalls einen zweiten Stock, aber das Haus war so niedrig, daß die
roten Ziegel seines Daches fast den Boden be-
rührten. Der Vorderraum im zweiten Stock des
Hauses meines Onkels, in Wirklichkeit nur eine
Dachkammer, war als Gästezimmer möbliert
worden.« Hier wohnte in den Sommerferien
Henry Buxbaum aus Friedberg, der Arzt wurde
wie sein Cousin Arthur, ab 1933 nicht mehr Arzt
sein durfte und gerade noch rechtzeitig nach
USA auswandern konnte, wo er vierzig Jahre
später in englischer Sprache für seine Nach-
kommen aufschrieb, was er erlebt hatte, da, wo
er hergekommen war.

»Ich hatte S gerade verlassen und war auf die
Hauptstraße an dem anderen Ende des Ortes
gelangt, als ich bemerkte, daß ich mit Unge-
mach konfrontiert werden würde. Etwa eine
Meile vor mir zog eine Gruppe von Sturmbann-
männern auf der Straße entlang, und ich mußte
an ihnen vorbeifahren. Nachdem die Nazis an
die Macht gekommen waren, hatten sie einen
besonderen Sonntagmorgen-Dienst eingerichtet,
es war keine neue Messe oder ein kirchliches
Ereignis. Von nun an, an jedem frühen Sonntag-

morgen, wurden die Mitglieder der Nazi-Bür-
gerwehr, die SA, zu militärischen Übungen um
die Städte herum zusammengerufen. Die Leute,
sicherlich nur die Nichtnazis, waren nicht erfreut, am frühen Sonntagmorgen aus den Bet-
ten geworfen zu werden, um herumzumarschie-
ren bei jeglichem Wetter und damit den einzigen
Ruhetag für die ganze Woche auch noch zu verlieren. Aber sie hatten keine Wahl, hier, wie in
vielen anderen Dingen auch. Der Führer und
seine Gefolgsleute waren darauf aus, den Krieg
vorzubereiten, und kaum waren sie zur Macht
gekommen, als sie sich darauf mit deutscher
Gründlichkeit vorzubereiten begannen. Die Vorbereitungen für den Krieg liefen überall und für
jeden sichtbar, und diese paramilitärischen
Übungen waren ein Teil von ihnen. Sie waren
eingepaßt in ein Netzwerk von speziellem inten-
siven Training, welches zeitweise alle Teile und
Berufsgruppen der Nation einschloß und eine
militärische Struktur über ganz Deutschland
ausbreitete. Aber nun war ich in der Falle. Es
gab keine Möglichkeit, die Naziformation zu
passieren, die sich vor mir befand, ohne eine
Konfrontation. Drei Meilen lang verlief die Straße in einer geraden Linie ohne Kreuzung in

irgendeine Richtung. Ich hätte mich herumdre-
hen können, möglicherweise, ohne ihren Ver-
dacht zu erregen. Aber ich wollte das nicht. Irgend etwas trieb mich voran und erlaubte mir
nicht, zurückzugehen. Ich wußte sehr gut um
das Risiko, das ich auf mich lud, wenn ich die
Naziformation passierte und nicht den Arm zum
Hitlergruß erhob. In Griesheim, meiner Heimat-
stadt, hätte mir das nichts ausgemacht. Sie
wußten alle, daß ich Jude war, und niemand er-
wartete von mir, den Arm zum Hitlergruß zu erheben. Die Nazis würden nicht einmal toleriert
haben, wenn ein Jude hier die Heiligkeit ihres
Symbols dadurch beschmutzte, indem er den
Arm zum Hitlergruß erhob. Aber die Truppe vor
mir wußte nicht, wer ich war, und ich war nicht
gezwungen, es ihnen zu sagen. Aber niemals
würde ich meine Hand erheben. Ich war im Begriff vorbeizufahren, egal was passierte. In dem
Augenblick, in dem ich diese Entscheidung traf,
ihr ins Auge blickte, ergriff mich eine sonderba-
re Ruhe, eine vollständige Besonnenheit. Was
auch immer ich tat, von nun an waren es auto-
matische Reflexe, die durch eine unbekannte
Quelle in mir in Bewegung gesetzt worden waren, über die ich keine Kontrolle hatte. Ich wuß-

te nicht, wie die Begegnung ausgehen würde, aber ich wußte, ich konnte meinen Arm nicht erheben. Irgend etwas in mir wollte das nicht zulassen. Langsam radelte ich vorwärts. Eine Gruppe von Pfadfindern, die dem Trupp voran- marschierte, ging an mir vorbei, erhob ihren Arm und rief mir ein lautes ›Heil Hitler‹ entge- gen. Ich tat so, als ob ich nicht wagte, meine Hände von der Lenkstange zu nehmen, antwor- tete mit einem ›Guten Morgen‹ und hielt die Lenkstange fester als zuvor. Sie schauten mich erstaunt an, aber setzten ihren Marsch fort. Ei- ne andere Gruppe von Pfadfindern kam vorbei, und das gleiche Ritual wiederholte sich. Aber nun ließ sie mein merkwürdiges Benehmen auf- merken. Als ich näher an die SA-Formation her- anfuhr, sah ich ihren Leiter, einen jüngeren Bur- schen mit Streifen an den Ärmeln und Schul- tern, der an der Spitze der Kolonne schritt und der nun aufgeregt seine Männer auf mich auf- merksam machte. Er war eine Bühnenfigur in einer Szene, die ich schon einmal gesehen hat- te, wo wir uns bald treffen würden, um unsere Rollen zu spielen, und es regte mich nicht auf: Meine Entscheidung war schon gefallen. Ich war Seite an Seite mit der Truppe. Der junge Bur-

sche mit den Streifen sprang vor mich, warf seinen Arm, so weit er konnte, empor und schrie
mir ein lautes und herausforderndes ›Heil Hitler‹ ins Gesicht. Ich drehte mich um und sagte
ruhig: ›Guten Morgen‹, während meine Füße
weiter die Pedale traten. Er schien erstarrt. So
ging es auch den anderen um ihn herum. Es
passierte nie, daß jemand den Hitlergruß nicht
erwiderte! Zwei oder drei Sekunden verstri-
chen, während ich weiterradelte, bis er seine
Stimme wiedergefunden hatte und mir lauter
als zuvor ein weiteres ›Heil Hitler‹ nachrief. Zur
gleichen Zeit griffen zwei oder drei junge Bur-
schen nach meinem Fahrrad und versuchten,
mich anzuhalten. Ich drehte mich um, schaute
sie an und fragte: ›Was ist los? Ich sagte schon
Guten Morgen!‹ In diesem Moment, mehr als
zuvor verblüfft, ließen sie von meinem Fahrrad
ab. Ich machte mich frei und fuhr davon und
kam dabei immer näher an das Ende der Kolonne. Aber nun hatte der Führer seine Fassung
wiedergefunden und begann seinen Männern
zuzubrüllen: ›Fangt ihn und haltet ihn!‹ Aber
unterdessen waren wertvolle Sekunden verstri-
chen seit unserem Blickwechsel, und ich war
schon an dem letzten Mann in der Kolonne vor-

bei. Zwei oder drei jüngere Männer verließen die Marschkolonne und rannten mir nach, aber nicht sehr lange. Sie waren verwirrt und wußten nicht, was sie tun sollten, und bald hörte ich einen von ihnen den anderen zurufen: ›Oh verdammt, laßt ihn gehen, laßt uns zurücklaufen!‹ Ich radelte sehr langsam weiter und schaute nicht um mich. Hatten sie wirklich innegehalten? Ich setzte meinen Weg weitere zwei- oder dreihundert Meter fort, in einem langsamen, maßvollen Tempo, noch die ganze Zeit angespannt, wobei ich versuchte, aus jedem Geräusch hinter mir zu hören, ob sie mir immer noch folgten. Ich wagte noch nicht, meinen Kopf umzuwenden« ...

[Hans-Helmut Hoos, »Die Lebenserinnerungen des Friedberger Juden Heinrich (Henry) Buxbaum", Darmstadt 1988].

25 Wieder ist Sonntag, wieder findet sich ein Flugblatt in meinem und nur in meinem Briefkasten.

Überschrift: Wir verlangen die Wahrheit und das Recht.

»Die Zahl der ermordeten Juden wurde von Adenauer noch mit 300000 angegeben, doch bald wurde von 8 oder sogar von 10 Millionen gesprochen. Heute gelten 6 Millionen als unumstößliche Zahl. ›Bekenntnisse zu den NS-Verbrechen‹ wurden inzwischen zu einer Art Staatsdoktrin, ja zu einem religiösen Ritual.

In den Schulbüchern wird den deutschen Kindern mit diesen Behauptungen anhand bestialisch ausgeschmückter Einzelheiten die angebliche Grausamkeit ihrer Eltern und Großeltern ins Gemüt gepreßt. Im Fernsehen, im Hörfunk und in fast allen Zeitungen und Zeitschriften wird uns der ›millionenfache Mord‹ nicht nur vorgehalten, er wird als ›geschichtliche Tatsache‹ vorausgesetzt. In ›Dokumentarfilmen‹, deren Namen die Vorstellung erzeugt, es sei alles dokumentarisch belegt, tobt sich eine perverse Fälscher-Phantasie aus, die tiefes Mitleid mit den Juden und grenzenlose Verachtung für die Deutschen schafft. Bei öffentlichen Erklärungen prominenter Politiker, Journalisten, Künstler oder Priester gehört es zur Pflichtübung, ungeprüfte Verleumdungen auf ›das Deutschland der Gewaltherrschaft‹, auf ›die dunklen Jahre der deutschen Geschichte‹ und einfach auf alles Deutsche auszusprechen.

Dieser Feldzug der Hetze und des Rassenhasses gegen alles Deutsche hat unser Volk demoralisiert. Das Resultat zeigt ein Volk in willfähriger Sklavenhaltung, das die eigene Ausrottung durch Überfremdung apathisch hinnimmt. Die Mehrheit der Deutschen ist der Afterlogik der vom Rabbiner Joachim Prinz erdachten und dann von der deutschen Staatsführung übernommenen Formel aufgesessen: 'Es gibt zwar keine Kollektivschuld, aber das ganze deutsche Volk ist für die Folgen des ›Holocaust‹

verantwortlich.' Die Folgen der ›Holocaust-Hetze‹ sind für unser Volk tödlich: Die Zahlungen für die ›Wiedergutma-chung‹ und für ›Solidarleistungen‹ an fremde Völker erhö-hen die Schuldenlast, die dieser Staat unseren Kindern und Kindeskindern auflädt. Die mit ›allem, was im deut-schen Namen Schreckliches geschah‹ begründete Freiga-be unserer Heimat zur Besiedelung durch fremde Rassen und Völker zerstört allmählich und immer schneller unser Volk. Der gesetzwidrige Verzicht auf uraltes Land im deut-schen Osten, begründet mit angeblichen Verbrechen des Deutschen Reiches an unseren Nachbarn, überantwortet Millionen Deutsche fremder Willkür und verstößt sie kur-zerhand aus dem deutschen Volke. Schlimmer aber als all das ist die dem deutschen Volk durch die Bonner Politiker vor aller Welt zugefügte Ächtung. Die Staatsführung tritt mit dem ›Holocaust‹ die Würde der Deutschen mit Füßen.«

26 Auf dem Weg zum Supermarkt stoße ich fast mit Herrn C zusammen, den ich zwar gese-hen, aber nicht gleich erkannt habe. Als ich ihn erkenne und stehenbleibe, merke ich, daß er gehofft hat, ich würde vorbeigehen.

Wir begrüßen uns. Ich reiche ihm die Hand, fra-ge: Wie geht es Ihnen?

Gut, sagt er und Ihnen?

Gut, sage ich, und was macht Ihr Buch?

Er geht nicht auf meine Frage ein, schaut an mir vorbei.

... war gerade bei den *Schönberger Nachrichten*, habe eine Liste der hier umgekommenen Juden ... Fünfzigster Jahrestag der Wannseekonferenz. Herr C wie Conrad oder Clemens belebt sich. Das ist neu. Das war bisher nicht bekannt.

Ich frage noch einmal nach seinem Buch.

Ja, das kommt jetzt doch später, im Mai oder so.

Seine Augen wandern in der Gegend herum. Ich schaue ihm ins Gesicht. Ein gutaussehender Mann, dunkler Typ, kaum ergraut, obwohl er Ende Sechzig sein muß. Ich forsche in seinem Gesicht nach Spuren von dem, was Frau J wie Jäger oder Jung mir gestern erzählt hat. C sei im Krieg gewesen. Soldat. Polen. Warschau. Juden. Offene Fragen. Schuldgefühle. Das Schweigen ist ihm peinlich.

Ich habe Sie wahrscheinlich sehr enttäuscht.

Ja.

Ich muß vorsichtig sein, sehr vorsichtig.

Das scheint ja dann wohl nötig.

Ja, das ist nötig.

Warum eigentlich?

Ich habe jetzt keine Zeit mehr.

Herr C deutet auf seine Frau, die offenbar vom

Einkaufen kommt, und erklärt, daß er ihr tra-
gen helfen muß.

Kann ich nicht wenigstens das Foto von Arthur
Mayer sehen? Sie haben doch eins.

Über mich ergießt sich ein Redeschwall ... nur
ein Gruppenfoto, Mayer kaum zu erkennen ...
Augen nachgeschwärzt, damit man überhaupt
etwas ... Foto bei Schwiegertochter, und die bekommt Kind, jetzt muß ich aber wirklich ...

Herr C wendet sich zum Gehen. Auf der anderen
Straßenseite eine wartende Frau. Sie muß an
uns vorbeigegangen sein, während ich nach
dem Foto fragte, ist nicht bei ihrem Mann stehengeblieben, steht da mit ihren Taschen, eine
unscheinbare Frau mit grauen Locken. Sie ist
die Alteingesessene, er ist erst nach dem Krieg
hierhergekommen. Es war ihr Schulfreund, der
Zeuge war, wie Arthur Mayer und die Seinen bei
einer Razzia in Lyon »aufgegriffen« wurden.

27 Herr K wie Keller oder Kaiser schnauzt ins
Telefon, Arthur Mayer sei sehr beliebt gewesen,
habe die Arbeitslosen kostenlos behandelt und zu
Weihnachten Pakete an arme Leute verschickt.

Zu Weihnachten?

Zu Weihnachten, bollert Herr K, Lehrer im Ruhestand, der nicht in Schönberg aufgewachsen ist, sondern erst nach dem Krieg hierherkam und Heimatforscher wurde, vielleicht auch, um heimisch zu werden in dieser Fremde.

Herr K rät mir, mich an Herrn C zu wenden.

Ich erkläre, daß ich das schon getan habe.

Der barsche Ton bekommt einen verständnisvollen Unterton. Der Conrad hat auch versucht, Lauer auszuschalten, als der sich für die Juden interessierte, hat verhindert, daß Lauer ins Archiv – und als Lauer auf dem Judenfriedhof fotografierte, stellte Conrad ihn zur Rede: Was haben Sie hier zu suchen?

Ich bin nicht wirklich amüsiert bei der Vorstellung, daß es ein Gerangel gegeben hat um die abwesenden Juden von Schönberg.

28 Ah, der Conrad, der Juddekönig, sagt Herr L, als ich ihn anrufe. Fragen Sie den doch mal, was er im Krieg gemacht hat. Der war bei der Wehrmacht, in Warschau … was hat er da getan?

29 Was, sagte Herr K, der Attur Mayer, der war in Auschwitz? Ich hab gedacht, der wär in Frankreich von der SS erledigt worden.

30 Herr L wie Lauer oder Loos ist groß und hager. Er trägt Weste und Pantoffeln, führt mich in seine Klause im Souterrain. Halbdunkel. Ein Schreibtisch. Ein Schalensessel. Ein Stuhl für mich. Wir sind beide befangen. Ich sehe Herrn L, wie er sich beschrieb, am Telefon, ich sehe ihn im Jahre 1948 in der Straßenbahn, die es auch heute noch gibt, alle halbe Stunde läßt sie die Wände meines Wohnzimmers erzittern, in der Straßenbahn, zusammen mit seinen Kameraden, Kriegsheimkehrer, die in die Stadt fahren, zum Adolf-Hitler-Platz, sagen sie und wissen ganz genau, daß der Platz nicht mehr so heißt.

Es hat lange gedauert, bis ich kapiert hab, daß die Nazis verloren haben, hatte Herr L wie Lauer oder Loos am Telefon erzählt. Die Wirtschaft sei wieder gelaufen, der Vater habe wieder verdient, *und im Jungvolk diese Wanderungen, dieses Hineinziehen in die Natur und dann in den Krieg, nach Ostland geht unser Ritt, diese Ukraine, was auch heut wieder aktuell ist, diese Kornkammer.*

31 Herr K hat ein Heimatbuch herausgegeben über einen Ort im Hinterland. Auftraggeber war die Sparkasse jenes Ortes. Herr K hat auch ein

Kapitel über die Juden geschrieben, die einst
dort lebten. Das Buch sollte zur Fünfhundert-
Jahr-Feier erscheinen. Der Herr Sparkassenleiter
bat Herrn K, das Kapitel über die Juden heraus-
zunehmen. Er befürchtete, die besten Kunden
zu verlieren. Alles alte Aktivisten, so oder so
ähnlich drückte sich der Sparkassenleiter aus,
die laufen mir davon. Herr K weigerte sich. Da
suchte ihn der Bürgermeister jenes Ortes persönlich auf, beschwor ihn. Die treten alle aus
der Sparkasse aus.

Das wollen wir doch mal sehn, sagte Herr K und
wandte sich ans *Kreisblatt.*

Das *Kreisblatt* brachte einen Vorabdruck von
Herrn Ks Kapitel über die Juden jenes Ortes im
Hinterland.

Da hat kein Mensch mehr was gesagt, schnauzt
Herr K befriedigt. Da sehn Sie mal, wie feige die
sind.

32 Herr L wie Lauer oder Loos, der hagere Heimatforscher, der auch ein pensionierter Lehrer
und auch erst nach dem Krieg hierhergekommen
ist, Herr L zieht eine Karteikarte und liest vor,
daß Arthur Mayers Vater Salomon im Jahre 1870
eine Mark gestiftet hat für das Kriegerdenkmal.

Das zeigt, sagt Herr L, daß die sich hier inte-
griert und echt deutsch gedacht und gefühlt haben.

33 »Meine Mutter wußte von Anfang an, was
die Machtergreifung der Nazis bedeutete. In den
ersten Apriltagen des Jahres 1933 besuchte ich
sie in Friedberg. Sie saß auf einem Stuhl und
wartete darauf, daß ich kam und sie küßte, weil
sie mich nicht sehen konnte. In den letzten drei
Jahren vor ihrem Tod war sie total blind geworden. Und wie ein Jeremias in klarer Voraussicht
des Schicksals von Jerusalem lehnte sie sich an
mich, und mit wenigen Worten sagte sie alles,
was gesagt werden konnte: ›Heine, sie hawwe
uns mit der Wurzel ausgerisse.‹« [Hans-Helmut
Hoos »Die Lebenserinnerungen des Friedberger
Juden Heinrich (Henry) Buxbaum«. Heinrich
Buxbaums Mutter stammte aus jenem Ort im
Hinterland, in dem kein Platz für die Juden im
Heimatbuch sein sollte, ein halbes Jahrhundert
später.]

34 »Es gibt Gemeinden, die sind noch schlimmer, Wiesenbach zum Beispiel. Da sitzen die
Nazianhänger, die Judenfresser. Da hat einer

einen Artikel über die Juden geschrieben. Die haben Tag und Nacht bei ihm angerufen. Sie glauben nicht, was da los ist.«
Herr K, ehemaliger Lehrer und Heimatforscher.

35 Mit sicherem Griff zieht Herr L immer neue Karteikarten. Im Zimmer wird es dunkel. Herr L steht auf und knipst das Licht an.
Als der Erste Weltkrieg begann, war Arthur Mayer sechsundzwanzig Jahre alt, Schiffsarzt und irgendwo weit weg, vielleicht in Amerika.
Meine Vertrauensperson, sagt Herr L, die eine Nachbarin der Mayers war, erinnert sich noch genau, wie er nach Schönberg kam, um sich freiwillig zu melden.
Der hat sich dorschgeschlage, und des war damalsn weide Weg.

36 Der Gedenkstein für Arthur Mayer wurde im Sommer 1964 gesetzt. Der Stein war ein Findling und kostete DM 3,—. Die Ausgaben für die Beschriftung beliefen sich auf DM 420,—.

37 Im Jahre 1922 ließ Arthur Mayer eine Ehrentafel für die Gefallenen des Ersten Weltkrieges anfertigen und nagelte sie an ein Haus, in dem Verwandte von ihm wohnten. Der Überlebende gedachte seiner toten Nachbarn.

Vierundfünfzig Schönberger waren umgekommen in jenem Krieg, der noch nicht der Erste genannt wurde, noch war er der einzige seiner Art.

Wo die Tafel hing?

Ecke Bergstraße und Schloßweg.

Welche Ecke? Wo jetzt das Haushaltswarengeschäft ist?

Herr L wird vage. Ich frage noch einmal. Herr L weicht aus. Ich weiß natürlich, daß Fragen dieser Art sich verbieten, ehemalige *Judenhäuser* und wer sie heute bewohnt, darüber redet man nicht, stillschweigende Übereinkunft, niemand, der sich nicht dran hielte.

Ecke Bergstraße und Schloßweg, ein paar Schritte vom Hof der Familie Gärtner, wo der Gärtner Fritz, nix für ungut, ich kann Ihne nix sache, noch Bonbons oder waren es Äpfel von Onkel Attur nahm und noch nicht daran dachte, daß der bloß ein Judd war, und noch nicht wußte, daß er mal in die SA eintreten würde, dem Vater zum Trotz, Sozialdemokrat war der und saß im Gemeinderat zusammen mit Arthur Mayer, der lieber auf der Straße an die Kriegsgefal-

lenen erinnern wollte als im Halbdämmer der
Kirche, wo Schönberger Frauen, vermutlich auf
Betreiben des Pfarrers, eine hölzerne Tafel an-
gebracht hatten.

38 Herr L hat eine Karteikarte weggesteckt
und eine andere gezogen und liest nun vor, was
der Metzger Willi Goldschmidt, ein Überleben-
der, der in Schönberg geboren und aufgewachsen ist, gesagt hat, als er zur Eröffnung der Ausstellung *Juden in Schönberg* gekommen war.
Ich bin Judd, aber ich hab geschlacht, was komme is, und hab auch Schweinefleisch gesse.
Willi Goldschmidt, sagt Herr L, des warn durch-
triebene Hund.
Herr L hager in seinem Drehsessel am Schreibtisch und ich auf einem Stuhl in der Ecke neben
der Tür, mein Notizbuch auf den Knien.
Is flüchte gange, sagt Herr L, als ich frage, was
denn so durchtrieben an ihm war. Ein cleverer
Borsch.
Herr L sagt das mit der widerwilligen Anerken-
nung, die man einem Kriminellen entgegenbringt,
dessen Delikt man natürlich mißbilligt, dessen
Geschick zu bewundern man jedoch nicht umhin
kann. Der hat alle mögliche Schlupfwinkel wahr-

genomme, um der Gestapo zu entgehn. In Frankreich is er aufgegriffe, aber wieder ausbüchst ...
muß ahn ganz Ausgefuchster gewesen sein.

Herr L steht auf und zieht aus einem anderen
Karteikasten eine andere Karte.

Im Jahre 1931 ist Willi Goldschmidt mit der
Schönberger Ringermannschaft Kreismeister
geworden.

39 Der Attur, sagt Willi Goldschmidt, der war
mit mir im Lager.

In Auschwitz?

In Auschwitz.

Ich habe Willi Goldschmidts Nummer im Tele-
fonbuch der Kreisstadt gefunden.

Seine Frau und die Schwiegermutter, die sind
direkt vergast worden, er war weiter Arzt ...
und dann war er auf einmal nicht mehr dagewe-
sen. Aus. Ob er vergast worden oder ob er so gestorben ist ... der war nimmer da.

Ich halte die Luft an. Niemand hat mir gesagt,
daß es jemanden gibt, der Arthur Mayer in Auschwitz gekannt hat. Ich bitte Willi Goldschmidt um
ein Treffen und versuche zu erklären, warum ich
diese Geschichte schreiben will. Eine Frauen-
stimme mischt sich ein.

... ist doch zum Lachen ...

Wie bitte? frage ich.

Das is mei Frau.

Was hat sie gesagt?

Mei Frau sagt, was das Theater soll.

Was für ein Theater?

Also mei Frau is ja, die weiß in der Art da nix.

Offenbar will Willi Goldschmidt mir zu verstehen geben, daß seine Frau keine Jüdin ist, und plötzlich hat er es eilig, mich loszuwerden.

Hören Sie mal, gehn Sie doch zum Lehrer Conrad, der weiß alles.

Ich gebe nicht auf, versuche, Willi Goldschmidt zu einem Treffen zu bewegen. Es knackt. Die Leitung ist tot. Ich halte den Hörer ans Ohr, horche, fühle mich plötzlich mutlos.

Ich gehe in die Küche und spüle das Geschirr ab. Es will mir nicht in den Kopf; ich muß fragen, will verstehen, lasse die Abwaschbürste fallen, trockne mir die Hände ab und eile zum Telefon.

Diesmal meldet sich die Frau.

Ich sage, daß ich nicht verstehe, warum ihr Mann das Gespräch abgebrochen hat.

Das habe ich gemacht, sagt sie entschieden und ohne Zögern wie jemand, der sich seiner Sache sicher ist und keinen Zweifel daran hegt, daß er recht hat. Des hat doch alles gar kein Wert net.

Aber er war doch ein Freund von ...

Das ist fünfzig Jahre her. Das ist doch vergessen und vorbei.

Aber ...

Die Frau von Willi Goldschmidt hat den Hörer aufgelegt.

40 Wenn ich jetzt im Rathaus zu tun habe, muß ich jedesmal daran denken, wie Arthur Mayers Onkel Rudolf, der Pferde- und Rinds-metzger war und schon ein alter Mann, hier saß und darauf wartete, daß man ihn abholte. Die Frau, die Herr L verschwörerisch *meine Infor-mantin* nannte, sagte, sie könne das nicht ver-gessen, wie der alte Mann da auf dem Rathaus ... Herr L sagte, *wollte es nicht glauben* und *völ-lig zusammengebrochen*, und jetzt weiß ich nicht wer, seine Informantin oder Rudolf Mayer, der 1943 in Theresienstadt starb, wie auch Franziska Weber, die vielleicht seine Schwester war, eine geborene Mayer, ein paar Jahre älter als er. Ich frage mich, ob sie sich dort getroffen haben, der Rudolf und die Franziska und der

Moritz und die Juliane, alte Leute allesamt, die in S geboren und aufgewachsen waren und nun in Theresienstadt starben und denen wahrscheinlich die Kraft fehlte, miteinander zu reden und sich der Heimat zu erinnern, die plötzlich nicht mehr die ihre sein sollte.

41 Wieder stehe ich im Supermarkt in der Schlange vor der Kasse, und wieder hat sich Herr I wie Ilse oder Idel, der alte Herr, der nicht wie ein alter Herr aussieht, hinter mir angestellt. Diesmal hat er vier Kiwis in der Hand. Ich erkundige mich, wie es ihm geht, nur so, um etwas zu sagen, damit wir nicht so stumm dastehen.
Gut, antwortet er.
Wir schweigen.
Ich schiebe meinen Wagen ein paar Schritte weiter, drehe mich zu Herrn I um, frage unvermittelt, ob es Konkurrenz gegeben habe zwischen dem Doktor Mayer und dem später hinzugekommenen Doktor Jungmann.
Herr I anwortet nicht direkt, sagt, Mayer war ein guter Arzt, Jungmann nicht.
Ich frage nach. Ja, bestätigt er widerstrebend, Jungmann war ein bißchen neidisch. Ich frage, ob Jungmann Nazi war.

Ach nee, sagt er.

Ich sage, ich hätte das aber gehört, er sagt, und wenn er's war und zuckt die Achseln, wer war des net?

Ich bin nicht mehr dieselbe wie zu Beginn meiner Nachforschungen. Jetzt trete ich mit Fragen, die ich vor ein paar Wochen nicht zu fragen gewagt hätte, die Flucht nach vorn an. Ich bin unverschämter geworden, nicht mehr so verschämt, ich frage ganz direkt und bin davon so überrumpelt wie er:

Und Sie, waren Sie auch Nazi?

Ruhig steht er da mit seinen vier Kiwis in der Hand und nickt. Ja, ich war auch einer.

Ich habe Sie immer für einen Sozialdemokraten gehalten.

Das war ich nie. Die haben alles falsch gemacht. Das kann heut keiner beurteilen, der damals nicht gelebt hat, wie arm wir gewesen sind, ärmer wie in der Dritten Welt heute.

Alle drei Männer der Familie seien auf einen Schlag arbeitslos geworden.

Das könne Sie sich gar net vorstelle.

Doch, sage ich, und daß es sicher sehr schlimm war, die Kassiererin tippt Preise ein, ich packe Joghurt, Käse, Quark weg, und Herr I sagt, dene

Judde is nix passiert, des stimmt alles net, die sind doch hier alle davongekommen, und im Nachbarort habe ein Jude zu seinem Bruder gesagt, wenn er kein Jude wär, dann wär er auch Nazi.

Ob es ihm um den Doktor Mayer nicht leid sei, frage ich und stecke das Wechselgeld ein, ohne hinzusehen.

Der hat doch weg gekonnt, sagt er ruhig und überzeugt. Hier ist keinem was passiert, das könne Sie mir glaube.

42   *Verzeichnis*

Über die im Dienstbezirk der Gendarmeriestation A wie Altdorf oder Abenden wohnhaften jüdischen Personen, die der israelitischen Religionsgemeinde B wie Bensbach oder Buchen angehören.

Stichtag: 1. März 36

Gemeinde S

Nr.	Zu-name	Vor-name	Beruf oder Stand	Geburts-datum	Ge-burts-ort	Jüdisch politische Einstel-lung
1	Kohn	Martha	ohne Ber.	10. 2.07	C	Neutral
2	Mayer	Rudolf	Metzger	4. 5.68	S	"
3	Mayer	Ludwig	Metzger	17. 5.02	S	"

Nr.	Zu-name	Vor-name	Beruf oder Stand	Geburts-datum	Ge-burts-ort	Jüdisch politische Einstel-lung
4	Mayer	Lina, geb. Maas	Ehefrau	9. 3.98	G	Neutral
5	Mayer	Milton	Händler	15.12.88	S	"
6	Mayer	Hedwig, geb. Grü-nebaum	Ehefrau	14. 5.93	B	"
7	Mayer	Max	Händler	21. 2.86	S	"
8	Rosenfeld	Hermann	Händler	7. 7.73	A	"
9	Rosenfeld	Emilie, geb. Mayer	Ehefrau	14. 4.88	S	"
10	Rosenfeld	Herbert	Schüler	22. 6.25	S	"
11	Rosenfeld	Erich	Schüler	22. 2.22	S	"
12	Gold-schmidt	Cäcilie geb. Roth	Witw.	5.12.91	S	"

43 Im Traum erzähle ich meiner im Bett lie-genden Großmutter von der Begegnung mit Herrn I. Plötzlich falle ich ihr um den Hals und weine furchtbar. Ich erzähle ihr, daß Herr I ge-sagt hat, den Juden sei nichts passiert.

44 Für die Ausstellung *Juden in Schönberg* ließ Herr C eine Tafel anfertigen. »Auf ihr sind alle jüdischen Mitbürger von S verzeichnet, die Opfer der nazistischen Gewaltherrschaft wur-den.«

Bamberger, Moritz * 8. 11. 1869 S.
gest. 14. 10. 1942 Theresienstadt

Ewald, Selma geb. Goldberg * 17. 3. 1879 S.
verschollen Polen

Goldberg, Auguste * 4. 10. 1873 S.
gest. 20. 8. 1943 Theresienstadt

Goldberg, Edmund * 27. 9. 1877 S.
verschollen Izbica/Polen

Mayer, Nathan * 7. 3. 1895 S.
verschollen Auschwitz

Steinthal, Betty geb. Feistler * 1. 1. 1860 S.
gest. 29. 1. 1943 Theresienstadt

Weiler, Franziska geb. Mayer * 29. 5. 1876 S.
gest. 6. 8. 1943 Theresienstadt

Bachenheimer, Ruth * 1. 3. 1905 S.
verschollen Polen

Ettinghausen, Bethge geb. Feitler * 11. 7. 1861 S.
als tot erklärt Sobibor

Rosenfeld, Emilie geb. Mayer * 14. 4. 1888 S.
als tot erklärt Polen

Mayer, Max * 21. 2. 1886 S.
gest. 17. 3. 1941 Cholm

Mayer, Rudolf * 4. 5. 1868 S.
gest. 2. 1. 1943 Theresienstadt

Mayer, Arthur Dr. med. * 20. 1. 1888 S.
verschollen Auschwitz

Mayer, Margarethe geb. Benetik * 5. 6. 1902 F.
verschollen Auschwitz

45 »Am obersten Ende der Ober-Beerbacher Straße befand sich noch bis vor wenigen Jahren eine kleine Anlage, die von den Ortsbewohnern und bis 1939 auch von den jüdischen Mitbürgern gerne aufgesucht wurde. Die Kinder hatten ihre helle Freude, wenn sie im Elsbach planschen und kleine Stauwehre bauen konnten. Fichtenbäume grenzten zur Straße ab und bestimmten das Bild. Bänke luden zur Rast ein, was im Hochsommer allerdings auch unangenehm werden konnte. Das feuchte Feld ließ alljährlich ganze Scharen von Schnaken heranwachsen, die von dem Wanderer ihren Blutzoll abverlangten. In treffender Weise erhielten die unermüdlichen Besucher den Beinamen: Die Miggeschläger.

Wann die Anlage entstand, oder aus welchem Grund, konnte bisher nicht ermittelt werden. Griffig wird sie mit einem Protokoll des Verschönerungsvereins S vom 28. 3. 1925. Hier erbot sich Dr. Robert Mayer, die Anlage auf seine Kosten erweitern und neu gestalten zu lassen. Sein Wunsch war, eine in die Natur eingebettete und damit lebendige Gedenkstätte für seine Eltern Salomon und Gertrud Mayer zu schaffen.

Nachdem erklärt war, daß damit keine nur auf eine einzige Familie ausgerichtete Namensänderung der Anlage verbunden sein sollte, stimmte der Vereinsvorstand einstimmig zu. Die Arbeiten wurden vergeben und zügig durchgeführt. Laut Protokoll vom 13. 5. 1926 konnte der Verein dem großzügigen Stifter recht herzlich danken.

Folgen wir jetzt dem überaus großen Interesse von R. Mayer gerade an dieser Anlage, gehen wir wohl nicht fehl in der Annahme, daß sie das Ziel der Sabbatspaziergänge der Juden war. Nach ihnen vorgeschriebenen Lebensregeln und daraus resultierenden Gewohnheiten durften sie am Sabbat keine größeren Ausflüge unternehmen, sondern nur zu einem Ziel pilgern, das nicht mehr als tausend Schritte vom Wohnort entfernt lag. Und genau das trifft hier zu.

Nach dem Zweiten Weltkrieg war unser Altbürgermeister A B die treibende Kraft, um den Juden wie auch den politisch, rassisch und religiös Verfolgten eine Gedenkstätte zu errichten. Stellvertretend für alle wählte er den in S beliebten Arzt Dr. Arthur Mayer, ein Bruder des oben erwähnten Robert Mayer, aus und bewog die Jungsozialisten zu den notwendigen Aktivitäten. Im Sommer 1964 setzten diese den jetzt vorhandenen

Stein und schufen eine bescheidene Sonderan-
lage in dem damals stark verwilderten Fich-
tengärtchen.« [Aus einem Aufsatz von Herrn L
wie Lauer oder Loos, Heimatforscher und Lehrer im Ruhestand]

46 Im Jahre 1941 fiel Arthur Mayers Vermö-
gen an das Deutsche Reich.

47 Schlaacht doch dem schlächt Judd aufs
Maul.
Der Satz ist mir im Gedächtnis geblieben und
auch, daß Herr L ihn bedeutungsvoll von einer
seiner Karteikarten ablas. Nicht irgendein Dorf-
bewohner soll ihn zu Arthur Mayer gesagt haben, sondern seine Mutter persönlich. Da sehn
Sie ... und nun weiß ich nicht mehr, was dieser
Satz bewies, irgend etwas war damit bewiesen,
aber ich kann mich nicht mehr erinnern, was.

48 Das *Modehaus M*, vor dessen Schaufenstern
ich gewöhnlich stehenbleibe, um die Kleider
zu betrachten, schöne Stoffe, schöne Farben,
bißchen muttihaft, bißchen altbacken, kannst
du vergessen – das war bisher getrennt in meinem Kopf, das bürgerliche Kleidungsgeschäft M

und die Frau von Herrn C, kennt alle Juden, ist
eine geborene M, Sie wissen doch, Modehaus M.
Ich stehe da und schaue, und diesmal habe ich
keinen Blick für die Klamotten. Ich sehe nur
eins: Frau Cs Elternhaus liegt zwischen Arthur
Mayers Elternhaus und späterer Praxis und der
Rathausschänke.

Die Rathausschänke war eine Pferde- und Rinds-
metzgerei und gehörte Rudolf Mayer, solange
Juden noch etwas gehören durfte. Als man ihn
nach Theresienstadt brachte, war sie schon im
Besitz von N wie Niemand.

Altes Fachwerkhaus, Butzenscheiben, Schmuk-
ker-Bier, Kegelbahn. Jugoslawischer Name an
der Tür.

Ich öffne, stehe übergangslos im Halbdunkel
der Kneipe. Enge. Biergestank. Zwei Männer an
einem Tisch, hinter der Theke eine Frau. In einer Ecke noch mehr Männer. Alle Köpfe wenden
sich mir zu. Die Frau ist blond und trägt eine
weiße Schürze. Sie ist nicht mehr jung.

Zögernd stehe ich in der Tür.

Guten Tag, sagt die Frau, guten Tag, erwidere
ich, lächle und mache die Tür wieder zu.

Draußen ist heller Sonnenschein. Im Gehen
schaue ich die schmucke Fassade hoch. Das also

war Else Mayers Elternhaus. Hier wurde sie im November 1905 geboren. Rudolf, ihr Vater, war Metzger und Kantor der jüdischen Gemeinde. Ihr Bruder, der drei Jahre älter war, wurde ebenfalls Metzger. Außerdem war er Mitglied im Gesangverein Eintracht. Else spielte Klavier. Gerne wird ihre Familie es nicht gesehen haben, daß sie einen Goj heiratete. Im allgemeinen waren Mädchen, die Christen heirateten, für ihre Familien gestorben. Man sprach die Totengebete für sie und spie sie aus, tat sie ab, so wie der Körper fremdes Gewebe abstößt. Doch es war das Jahr 1931, und der künftige Schwiegersohn war bereit, sich nach jüdischem Ritus trauen zu lassen. Er hieß Willy und spielte Geige. Vielleicht war es die Musik, die Else und Willy zusammenbrachte. Ich sehe Herrn L vor mir, wie er eine seiner Karteikarten ins Licht hält ...

... spielten zusammen bei Hochzeiten auf.

Sie, die Finger auf den Tasten, er, die Geige am Kinn. Ein Blickwechsel, ein Kopfnicken, und der erste Ton erklingt, die ersten Töne, die verschmelzen, abheben, wegtragen, raus aus dem Alltag, dem Dorf, dem Kaff, das bei weitem nicht so schmuck ist, wie es einmal sein wird, wenn eine Schriftstellerin, die eigentlich nur von

Arthur Mayer erzählen wollte, durch die Dro-
hungen eines Herrn C wütend und neugierig geworden, eigensinnig weiterfragen wird, wenn
Käthe O wie Opper oder Ortlepp, die gerade der
neunjährigen Gerlinde, Tochter vom Kleider-M,
den aufgelösten Zopf neu flicht und sich dabei
im Takt der Musik wiegt, sich an einem sonni-
gen Frühlingsnachmittag des Jahres 1992 mit
frischer Stimme am Telefon meldet, um dann
doch den Hörer aufzuknallen, ach Sie, was kommese mir dann jetzt, ich bin gerade beim Aus-
ziehe. Und wenn der letzte Ton verklungen ist
und sie die Finger von den Tasten nimmt und er
die Geige sinken läßt, treffen sich die Augen
ebenfalls, und vielleicht ist der Vater auch da,
und vielleicht schaut Else schnell zu ihm hin, ob
der nichts merkt, und dann tändelt sie weiter
mit dem Willy, und vielleicht feiert der Attur mit,
der ihr Vetter ist und das Kind holen wird, das in
dieser Nacht entsteht.

Im Jahre 1936, als nur noch wenige Juden im
Ort zurückgeblieben sind und Else Schneiders
Bruder die Erlaubnis erhalten hat, mit seiner
Frau auszuwandern, verkauft die jüdische Ge-
meinde, eigentlich wohl Vater Rudolf, die Syn-
agoge an Willy Schneider.

Kam der Tag, oder war es die Nacht, als der Fri-
sör P, der zu jener Zeit den zur Wehrmacht ein-
gezogenen Bürgermeister vertrat, Else Schneider aufsuchte, um ihr zu sagen, daß sie am
nächsten Morgen *abgeholt* würden.

Alles stehen- und liegenlassen. Geld. Papiere.
Schmuck. Die Geige. Der Abschied vom Vater.

Viele Abschiede hat der alte Mann nehmen müssen, bevor er selber Abschied nahm, um auf
dem Rathaus *abgeholt* zu werden.

Eine von Herrn Ls Karteikarten verzeichnet,
daß Else und Willy Schneider nach Österreich
flohen und sich dort versteckten.

Die Nachbarn erinnern sich, daß am Morgen
noch der Eimer mit dem Hühnerfutter vor der
ehemaligen Synagoge stand.

49 Ich habe die Flucht nach vorn angetreten.
Überall habe ich herausposaunt, wie es mir er-
geht bei meinen Nachforschungen über den
Schönberger Arzt Arthur Mayer. Ich habe einen
Literaturpreis bekommen und die Gelegenheit
genutzt: Schönberger Politiker bei der Preisverleihung. Fernsehen. Rampenlicht. Am Tag nach
der Preisverleihung bekomme ich den Schlüssel
zum Gemeinde-Archiv. Ich weiß schon, daß da

nichts mehr zu holen ist, die Akte Mayer verschwunden und auch sonst alles, was interessant gewesen wäre *aus jener Zeit*, aber ich nehme den Schlüssel trotzdem, unterschreibe und
wende mich dem Bild-Archiv zu.

Herr Q wie Quilling oder Quambusch hat die
Ordner für mich gesichtet. Herrn Q kannte ich
bisher nur vom Sehen. Er ist bei der Gemeinde
angestellt, ich wohne neben dem Rathaus, da
sieht man sich. Ein junger Mann, Anfang Dreißig, schätze ich. Eine Überraschung: doch noch
ein Verbündeter. Leise Stimme, Hände, die mit
dem Schlüsselbund klappern. Eiliges Kommen,
eiliges Gehen. Aber sagen Sie nicht, daß ich es
war ...

Die Gemeinde-Sekretärin begleitet mich durch
die Rathaus-Flure. Herr Q kommt uns entgegen.
Wir wechseln einen Verschwörerblick.

Amtszimmer. Offene Türen. Trockene Luft.

Die junge Frau, die in dem Zimmer arbeitet, in
dem das Regal mit den Ordnern steht, kümmert
sich nicht weiter um mich. Ich ziehe den ersten
Ordner heraus und fange an zu blättern. Die
Aufregung, die einen packt, wenn man durch
ein Fernrohr auf den Ort schaut, in dem man
wohnt. Ich erkenne die Straßen, die Ecken, die

Häuser, zwei, drei Minuten von dem Amtszimmer entfernt, nur viel schäbiger als heute. Kopf-
steinpflaster. Verwitterte Fensterläden. Brök-
kelnde Mauern. Noch keine Betonklötze, keine
Neonreklamen, parkenden Autos, Verkehrsschil-
der. Durch diese mir vertrauten Straßen marschierende Jungs, marschierende Männer. Uni-
formen. Fahnen. Hakenkreuze. Jedes Foto hat
eine maschinengetippte Unterschrift. Ernte-
dankfest. Oktober 1935. Zwischen dem Gasthof
und der Drogerie ein Hakenkreuz, wie ein Voll-
mond über der Menge. Zum erstenmal begreife
ich, was das heißt, *gleichgeschaltet.*

Herr Q kommt wie zufällig vorbei, schaut mir
über die Schulter, blättert stumm ein paar Sei-
ten weiter.

Atemberaubend, sage ich.

Sein Zeigefinger tippt auf Adolf Hitler, im offe-
nen Wagen, stehend, von vorne, von hinten.

Auf dem Flur steht ein Fotokopierer. Ich eile mit
dem Ordner hinaus, jetzt, jetzt die Gelegenheit
nutzen. Herr Q stellt das Gerät für mich ein, ent-
schwindet.

Ich haste hin und her zwischen Amtszimmer
und Flur. Auf dem Tisch türmen sich die aufge-
schlagenen Ordner.

Willi Goldschmidt, 1931 in der Jugendmann-
schaft des Sportvereins. Sie stehen wie die Orgel-
pfeifen, posieren, die Hände auf dem Rücken, das
linke Bein etwas nach außen gestellt. Der dritte
von links, ein stämmiger Bursche im schwarzen
Trikot. Nichts deutet darauf hin, daß der bald ein
Gejagter sein wird. Willi Goldschmidt, im Jahre
1988 bei der Eröffnung von Herrn Cs Ausstellung
Juden in Schönberg. Ein alter Herr, weißes Haar,
zurückgekämmt, weißer Pulli, schwarzer Anzug.
Aufrecht steht er, einem Redner zugewandt, den
man nicht sieht. Nichts deutet darauf hin, daß
der mal ein Gejagter war.
Herr Q taucht wieder auf, zischelt mir auf dem
Flur zu, lassen Sie die Ordner nicht so offen liegen ...
Ich bemühe mich, alles zu verdecken, aber ich
bin viel zu aufgeregt, um das durchzuhalten,
und ich weiß, heute habe ich Oberwasser, heute
kann mir keiner.
Herr Q stellt mir den Fotokopierer so ein, daß
ich vergrößern kann.
Mädchen in langer Reihe. Zöpfe. Weiße Blusen.
Schlipse. Auf diesem Waldweg gehe ich mit meinem Hund spazieren. BDM, sage ich, das muß
man sich mal vorstellen.

Herr Q macht pssst und sagt etwas, so leise, daß
ich nicht verstehe.

Wie bitte?

Ich verstehe immer noch nicht.

Herr Q beugt sich zu mir. Hier haben die Wände
Ohren.

Ich verstumme und fotokopiere den Gemeinderat 1935, alle in Uniform, vor einer Hakenkreuz-
fahne, die drei- oder viermal so groß ist wie
sie.

Sänger beim Sängerfest 1934, das war das Jahr,
in dem Arthur Mayer ging, die Arme sind sehr
hoch gereckt, mir scheint, höher als nötig.

Ein älterer Gemeindeangestellter, dessen Namen zu merken mir bis heute nicht gelungen ist,
vielleicht, weil wir uns nicht leiden können,
kommt ins Zimmer, schaut mir über die Schulter, ach der olde Kram, sagt er, was wollese
denn damit, sind doch olde Kamelle, ausunvor-
bei.

Ein Klassenfoto. In der vorderen Reihe hält ein
Mädchen eine Tafel, auf der in deutscher Schrift
geschrieben steht: *Schönberg 1892*. Der Kleine
in der letzten Reihe, der dritte von rechts, weißes Krägelchen, Pausbacken, das ist Arthur
Mayer. Und dann finde ich, wonach ich nicht ge-

sucht habe, das Foto, von dem Herr C sagte, es sei nicht greifbar, in Frankfurt, bei der Schwiegertochter, die ein Kind bekommt.

Unter einem Theaterhimmel, vor einem wahrscheinlich roten Samtvorhang, Arthur Mayer, diesmal in der ersten Reihe, im Mittelpunkt. Hände auf den Schenkeln. Anzug. Schlips. Weste. Augen und Schnurrbart sind übermalt. Ich erinnere mich an Herrn Cs Redeschwall, nur ein Gruppenfoto, Mayer kaum zu erkennen, *ich mußte die Augen nachschwärzen, damit man überhaupt etwas sieht*. Kleine Kugelschreiber-Kreuze über Arthur Mayers Augen.

50 Anruf von Helga R, die gerne behilflich sein möchte, selber nichts zu erzählen hat, weil sie in meinem Alter und erst vor einigen Jahren nach Schönberg gekommen ist.

... aber Susi Sturm, das ist eine ganz Nette, die wird Ihnen bestimmt was erzählen, wirklich unheimlich liebe alte Dame und erzählt immer gern von alten Zeiten und kann so gut erzählen.

Helga R ist bereit, mit Susi S wie Sturm oder Stein zu reden.

Sie werden sehen, wirklich eine ganz Nette.

51 Hilde T, immer etwas atemlos, Ehe, Kinder, Beruf, politische Arbeit, Hilde war da, nachdem die ersten Flugblätter aufgetaucht waren.

Im Fenster blüht ein Rosenstöckchen, das sie mir vor die Tür gestellt hat.

52 Anruf von Helga R. Sie habe mit Susi Sturm geredet. Und natürlich ist sie bereit. Ich geb Ihnen mal die Nummer.

Ich rufe sofort an. Susi Sturm hat eine energische Stimme und ist wirklich sehr nett, aber im Augenblick hat sie leider die Maler im Haus. Ich soll in ein paar Tagen noch mal anrufen.

53 Hilde bringt mir eine Kopie ihrer Anzeige gegen die Verfasser der Flugblätter. Ich fühle mich nicht mehr ganz so allein.

Ruf doch mal die Liesel Uhlmann an, die wird hier die Mutter der SPD genannt, und die hat mir erzählt, wie sie auf dem Schulhof von BDM-Mädchen kujoniert worden ist.

Hilde und Liesel U wie Uhlmann oder Unger bei den Vorbereitungen für irgendein großes Fest. Ich glaube, sie schnitten Gurken, Zwiebeln und Tomaten für den Parteinachwuchs. Die Finger in Bewegung, der Geist kommt zur Ruhe, Erinnerungen steigen auf, eine Zuhörerin ist da. Das könne man sich heute gar nicht mehr vorstellen, wie das Dreiunddreißig war, wie sie da über den Schulhof gejagt wurde. Der Vater war Sozialdemokrat, das war genug. Liesel die Alte und Alteingesessene und Hilde die Junge, die Zugezogene, die atemlos mitfühlt.

Die Schlimmste sei Anna V wie Volz oder Veit gewesen, wie die sie schikaniert habe.

Ihr Vater war Ortsbauernführer, sagt Hilde, und als der in den Krieg ging, wurde ihr Mann Ortsbauernführer.

Ich krame in meinen Fotokopien. Da ist ein Foto von Anna V, nicht mehr auf dem Schulhof, in Deutschlands siegreichster Zeit auf dem elterlichen Hof, hoch zu Roß, in tadelloser Haltung, weiße Bluse, dunkler Schlips, kurze Haare, das Pferd am Zügel, wie es sich gehört. *Vorsitzende der Landfrauen* steht unter dem Foto. Die *Landfrauen* haben ihren festen Platz im Leben der Gemeinde. Einmal im Jahr eine Ausstellung, da kann man selbstgestrickte Topflappen und umstrickte Kleiderbügel kaufen.

54 Ich rufe Liesel U wie Uhlmann oder Unger an. Ihre Stimme klingt jung. Sie ist freundlich.

Mir warn ja noch Kinner, sagt sie. Wer da sehr viel schon geschrieben hat, das ist der Herr Conrad.

Aber, sage ich.

Liesel Uhlmann, freundlich zuhörend, entgegenkommend, bereit, sich mit mir zu treffen.

Nicht gleich morgen, da ist auch wieder was, wir sind halt beide noch so engagiert, trotzdem daß wir schon so alt sind.

Sie lacht ein wenig verschämt, und mir geht das Herz auf. Arthur Mayer, sagt sie, der hat mich behandelt sogar, als kleines Kind.

55 Ich rufe Susi Sturm an. Die Maler sind aus dem Haus, das schon, aber sagen kann ich Ihnen nichts.

Der Ton ist so bestimmt, daß ich jeden weiteren Überredungsversuch aufgebe.

Ich weiß nix.

In einem der Ordner des Bild-Archivs, hinter einem der vielen BDM-Gruppen-Fotos steckt ein handgeschriebenes Zettelchen mit den Namen der abgelichteten Mädchen. Susi Sturm ist auch dabei. Aber das kann es doch nicht sein oder?

56 Wer die Häuser der Juden gekauft hat, sagt Hilde, weiß nur Herr Conrad. Nur er hatte die Genehmigung, die Akten im Katasteramt einzusehen. Der präsentiert sich als Vater der Juden.

57 »Alle Welt weiß, der Jude ist ein ruchloser immerwährender AUSBEUTER arbeitender Völker. Was sagt da unser GUTER MARTIN LUTHER vor Hunderten von Jahren – der Jude ist die eitrige GEBÄHRMUTTER ungestillten Verbrechertums.«
Aus meinem Briefkasten, 9. April 1992

58 Als Hilde im Gemeinderat saß, beantragte sie, die Gemeinde möge ein Denkmal für die ermordeten Juden errichten.
Es war Herr C wie Conrad oder Clemens, der ihren Antrag abschmetterte. *Wir haben ja die Arthur-Mayer-Ruhe.* Die anderen brauchten sich gar nicht zu bemühen.

59 Anruf von Liesel Uhlmann der Mütterlichen.
Ich kann Ihnen auch nichts weiter erzählen, als was Herr Conrad Ihnen schon gesagt hat. Tut mir leid, ich hätte Ihnen gerne weitergeholfen.

60 Hilde sagt, bei Conrad ist alles deponiert worden. Weißt du, daß die Leute ihm jetzt noch Unterlagen aus der Nazizeit in den Briefkasten werfen? Und daß er sich damit brüstet, was sie ihm alles erzählen, weil sie wissen, daß er es nicht weitererzählen wird, und dann sagt er, und ich werde mein Wissen mit ins Grab nehmen. Ihm haben sie alles überlassen. Die, die Schuld empfanden, haben ihm alles *zu treuen Händen* übergeben. Er soll es hüten wie sein eigenes Geheimnis. In Warschau war er Soldat, in Warschau hat er ein Bein verloren ...

61 Der Literaturpreis bringt dies: »... Diese verlogenen, dreckigen, falschen Juden. Und Sie vom TV Kultur Dezernat und alle die an der Sendung teilgenommen haben sind lächerliche Hampelmänner. Und die Behrens hat für ein Jahr freie Wohnung und bestimmt auch entsprechendes Salär damit sie weitere Lügen und Unwahrheiten zum Druck vorbereiten kann. Nur so weiter Ihr Armleuchter! Adolf Judlieb.« Und jenes: »... Vorab meinen Glückwunsch zu Ihrem Erfolg. Alsdann bedaure ich, daß ich Ihnen bei Ihren Recherchen nicht viel helfen konnte. Jetzt möchte ich auf eine Zeitzeugin hinweisen, die

Herrn Mayer sehr gut kannte. Frau Weber ist gern bereit, über die Person, seine Art, wie er sich gab, seine Verbundenheit mit dem Sport und der Politik zu erzählen. Sie ist 90 Jahre alt, kommt aber nach kurzer Zeit ins Schwärmen, wenn sie aus früherer Zeit erzählen kann. Sie ist erreichbar über ihren Sohn, wobei man stets nach der Oma fragen sollte ...
Mit freundlichen Grüßen – Heinz Lauer«

62 Frau W wie Weber oder Walter führt mich in ein stilles, dämmriges Zimmer. Draußen scheint die Sonne. Im Garten hinter den Vorhängen leuchtet das Gelb von Osterglocken und Narzissen. Dunkle Tapeten, schwerer Eßtisch mit Fransendecke, leere Stühle, altes Vertiko.
Frau Weber ist klein, mager und rüstig, stützt sich nur leicht auf den Stock. Sie bietet mir etwas zu trinken an, schenkt ein mit fester Hand.
Freilich, sagt sie. Die Mayers waren unsere Nachbarn.
Im Haus ist es still. Sie lebt nicht in dem Zimmer, in dem sie mich empfängt.
Das ist nur für Besuch.
Früher war es schöner, sagt die alte Frau. Fried-

licher. Das Muhen der Kühe. Schafeblöken. Hähnekrähen. Ab und zu die Räder eines Fuhrwerks. Später dann, ganz selten, Motorengebrumm. Es war Doktor Mayer, der das erste Auto im Ort hatte.

Die alte Frau hat er umsonst behandelt, hat ihren Kindern auf die Welt geholfen, er war auch ein sehr guter Frauenarzt, sagt sie, und ihrem Vater aus der Welt hinaus, drei-, viermal am Tag ist er gekommen, um nach ihm zu sehn.

Seine und ihre Mutter starben fast gleichzeitig, im Jahr 1924, da war Frau Weber Anfang Zwanzig.

Treidche wurde sie genannt, Gertrud hieß sie. Sie trug den christlichen Namen, aber sie hielt die jüdischen Gesetze ein.

Fleischding, Milchding, sagt die alte Frau neben mir wie jemand, der sich auskennt. Und freitags haben sie ihr Licht nicht ausgemacht. Manchmal haben sie gerufen, dann mußte einer von uns das Licht ausmachen.

Ich höre von Treidche, daß sie viel schimpfte und daß ihre Söhne für sie durchs Feuer gegangen wären, und ich höre von Salomon, dem Vater, der ein Stiller war.

Sie war die Energische. Aber seine Geschäfte

hat er gemacht, erst mit Vieh, später nur noch
mit Viehfutter.

Die alte Frau weiß auch noch, wo sie wohnten,
bevor sie das Haus in der Hauptstraße bauten.
Es ist ja alles nicht weit auseinander, vom alten
Haus zum neuen sind es nur ein paar Schritte
die Straße hinunter. Nebenan wohnten Salo-
mons Eltern. Walldorfer Straße 13.

Und wer wohnt heute da? frage ich.

Jemand namens Volz, antwortet Frau Weber zu-
rückhaltend.

Klinkerbau. Im Garten hängt schlaff eine Fahne.
Ein kleiner Windstoß zeigt den Berliner Bären.
Auf dem Dach eine SAT-Schüssel. Da, wo einst
der große Stall war, ein Riesen-Thermometer
mit Underberg-Reklame; vorne, wo der kleine
Stall war, ein Heißdampf Öl-Fassungsraum
12000 l.

Frau W weiß auch um das Schicksal der Brüder.
Robert hat sich in Holland versteckt und hat einen Sohn, der Rechtsanwalt geworden ist. Mil-
ton ist von Schönberg weg nach Frankfurt, muß
schwer mitgemacht haben.

Ich überlege, welcher von den Brüdern es wohl
ist, der sich Herrn Cs Wünschen entzieht ...
aber das kriegen wir auch noch hin, gell.

Frau W hat ihren Stock an den Stuhl gelehnt, die
Hände ruhen auf den Lehnen, der Blick geht ins
Leere, in jene ferne Vergangenheit, als ihr Sohn
zur Welt kam und Doktor Mayer sagte: Gebt ihn
mir!

Sie hat es bis heute nicht vergessen, wie der
Doktor da stand und auf ihren Jungen hinab-
schaute und sagte: Gebt ihn mir!

Die Margarethe, das war keine Arztfrau ...

Im Ton der Alten klingt noch jetzt etwas an von
der Fremdheit zwischen den Schönbergern und
dieser Elsässerin.

Die paßte nicht zu ihm. Er, er war so ein richti-
ger Schönberger, und sie ...

Ich denke an Herrn I wie Ilse oder Idel und seine Gleichgültigkeit, als ich nach Arthur Mayers
Frau fragte.

Die hat man nie gesehn. Ihre Mutter war oft da.

Für einen Augenblick reißt der Nebel auf. Ich se-
he die Elsässerin, die so viel jünger war als ihr
Mann und offenbar das einzige Kind ihrer El-
tern, aufgewachsen in der Stadt Metz, zwischen
Damen- und Herrenschuhen, vielleicht von den
Kunden gehätschelt, und nun sitzt sie in dem
hessischen Dorf, in dem ihr Mann jeden kennt,
Politik macht, den Sport fördert, Theater spielt

und zu Weihnachten Pakete an die Armen schickt.
Sie wird viel allein gewesen sein, die Margarethe
aus Metz, da war es ein Trost, wenn ihre Mutter
da war. Viele einsame Abende. Was hat sie gemacht, wenn die Hausarbeit erledigt war? Gele-
sen? Gewartet? Handarbeiten? Keine glückliche Ehe möglicherweise, und doch ließ Arthur
Mayer sich davon abhalten zu tun, was er für
richtig hielt: auswandern, nach Amerika oder in
die Schweiz. Margarethe wollte nicht von den
Eltern weg, und so ließ er sie gehen oder schickte
sie vor, gleich nach den Wahlen. Ein halbes Jahr
später kam er nach.

Die Praxis war zurückgegangen, ist ja niemand
mehr gekommen. Die haben alle Angst bekommen. Auf einmal hat's geheißen, Doktor Mayer
ist fort. Die haben mit Gewehren vor seinem
Haus gestanden, da war er gar nicht mehr da.

Jetzt war es umgekehrt. Jetzt war er es, der in
der Fremde lebte, und die Frau, die zu Hause
war. Was hat er angefangen mit seinem Tag, keine Patienten mehr zu betreuen, kein Schwätzchen mehr auf der Straße, niemand, der Attur
sagt, keine Feindseligkeiten mehr mit dem Dorf-
pfarrer, keine Vereins-Sitzungen. Nichts. Vielleicht war er jetzt doch froh, keine Kinder zu ha-

ben, um die er sich hätte ängstigen müssen in den kommenden Jahren, in denen Frau W wie Weber oder Walter den einen oder anderen zurückgebliebenen Juden, der Zahnschmerzen hatte, durch die Hintertür in die Praxis ihres Mannes schleuste.

Sie hatten Bettlaken dabei, damit wollten sie bezahlen, die hatten ja kein Geld mehr.

Ich sehe in das Gesicht der alten Frau, in graue Augen, in denen für mich nichts zu lesen ist, ein harter Blick, ohne Lächeln, ohne Freundlichkeit, den ich erwidere, während ich auf den Knien mitschreibe, wie sie aufs Rathaus mußte, und da hat der Rudel gesessen und hat sein Kopfkissen auf dem Schoß gehabt.

Es war das alte Rathaus, ein heute schmuck renovierter Rennaissancebau, in der Gegend berühmt für seine Schönheit. Rudolf Mayer brauchte bloß die Straße zu überqueren. Frau Weber deutet an, wie der alte Mann da saß und das Kopfkissen an sich drückte, als suche er den Trost, den ein Kind bei einer Puppe findet.

Ich hätt am liebsten geheult, das Bild vergeß ich nie.

Frau Weber weiß, daß Rudolf Mayer in Theresienstadt und Arthur Mayer in Auschwitz starb.

An Heimweh, sagt sie.

Wie bitte? frage ich, weil ich denke, ich hätte nicht richtig gehört.

Er ist an Heimweh gestorben.

Wer?

Doktor Mayer.

Mein Magen krampft sich zusammen. Ich starre sie an, sage, daß ich das nicht glaube.

Hab ich von nem Judde, sagt sie, als wäre damit der Beweis erbracht, daß es wahr ist. Der hat gemeint, Doktor Mayer ist an Heimweh gestorben.

In Auschwitz?

Ja, in Auschwitz.

63 Vorzimmer des Bürgermeisters. Das Telefon, das ständig klingelt, die Leute, die kommen und gehen. Jeder will was. Immer irgendwelche in Zellophanpapier verpackte Blumensträuße für irgendwelche Jubiläen, Weinflaschen in Geschenktüten. Marianne X, Gemeinde-Sekretärin, um Fünfzig, keine Alteingesessene, aber in Schönberg aufgewachsen, nach dem Krieg als Flüchtling hierhergekommen. Marianne will helfen. Stürzt sich in die Fragen nach Arthur Mayer. Voller Begeisterung, Tatendrang. Das wolln wir doch mal sehn, ich helf dir. Es gibt so viele alte Leute, die man ansprechen kann.

64 Marianne hat Herrn Ä angerufen. Herr Ä hat gesagt, sie solle sich an Herrn Conrad wenden oder an Herrn Ü. Marianne hat Herrn Ü angerufen. Sein Sohn war am Telefon und hat gesagt, sie solle sich an Herrn Conrad wenden, allerdings sei sein Vater gut befreundet mit Herrn Conrad, da wolle er sicher nichts sagen. Marianne hat Frau Ö angerufen. Die hat gesagt, sie solle sich an Herrn Conrad wenden.

Marianne sagt, jetzt weiß ich, wie es dir ergangen ist.

65 Marianne hat mit Herrn C gesprochen.

Herr C hat gesagt, es gäbe kein Material, er hätte mir alles gegeben.

Herr C hat gesagt, es gäbe keine Akte Mayer, es hätte nie eine gegeben.

Herr C hat gesagt, es gibt nichts, was verborgen wird, die Leute wissen nichts.

66 Marianne weiß jetzt, warum die Leute nichts sagen wollen.

Die Juden waren auch nur Menschen, und darunter gab es auch schlechte, und das wollen die Leute nicht sagen.

67 Hans Y, um Fünfzig, ein Hochschullehrer und Zugereister, der gerne in Schönberg lebt und das *Lokalblatt* mit herausgibt. Hilfsbereitschaft ohne viel Worte. Vertrauenerweckende Sprödigkeit. Unterstützung. Hans fragt in der Gedenkstätte Auschwitz nach. Es finden sich Dokumente.

Zum ersten Mal wird Arthur Mayer für mich physisch lebendig. Keiner von all den Menschen, mit denen ich geredet habe, hat davon gesprochen, wie er aussah, wie er sich bewegte, wie seine Stimme klang. Seltsam, jetzt zu lesen, daß er ein kleinwüchsiger Mann war. Erst jetzt sehe ich ihn vor mir, wie er durch die Straßen von S ging, gedrungen, stämmig, kompakt. Und erst der Personalbogen des Konzentrationslagers Auschwitz tut kund, daß er ein vielsprachiger Mann war, der Sch. Jude Mayer Arthur.

Was soll das heißen, Sch. Jude? fragt Freund Werner. Scheißjude?

68

Lfd. Nr.	Häftl. Nr.	Name	Zugang	Abgang	Bemerkungen
13371	150791	Schickler, Artur Isr.	14.10.41	14.10.41	Entlassen
13372	106792	Silberstein, Alfred Isr.	"	21.10.41	Entlassen
13360	115422	Novak, Max	"	25.10.41	Entlassen
13361	106661	Putreich, Karl Isr.	"	27.10.41	Entlassen
13362	157241	Streicher, Karl Isr.	"	21.10.41	Entlassen
13363	116271	Scham, Alois Isr.	"	11.10.41	Entlassen
13364	150671	Roed, Simon Isr.	"	"	Entlassen
13365	157107	Voorzanger, Herbert Isr.	"	7.11.41	Entlassen
13366	139711	van Gorvorden, Abraham Isr.	"	21.10.41	Entlassen
13367	115751	Chaleo, Salomon Isr.	"	14.10.41	nach Auschwitz
13368	121984	Kaspar, Josef	"	"	" "
13369	105747	Simon, Heinz Isr.	"	"	" "
13370	122047	Kameria, Nadyslav	"	"	" "
13371	116917	Farbiarski, Arthur Isr.	"	"	" "
13372	117104	Winter, Walter Isr.	"	"	" "
	115914	Bacieurinsky, Ar... I.	"	"	" "
13374	115917	Balint, Geza Isr.	"	"	" "
13375	115993	Goriat, Maurice Isr.	"	"	" "
13376	157009	Sana, Jchoua Isr.	"	"	" "
13377	157061	Juckovitch-Kirkine, Benjamine Isr.	"	"	"
13378	157011	Koldner, Ankas Isr.	"	"	" "
13379	157101	Klotz, Gaston Isr.	"	"	" "
13380	157107	Kleinmann, Lazare Isr.	"	"	" "
13381	157111	Kupferwasser, Eliasz Isr.	"	"	" "
13382	157145	Luft, Jacker Isr.	"	"	"
13383	157148	Mayer, Arthur Isr.	"	"	" "
13384	157155	Mendelsohn, Avram Isr.	"	"	" "
13385	157117	Spatzierer, Kuna Isr.	"	"	" "
13386	157117	Staniy, Robert Isr.	"	"	" "
13387	157150	Totis, Bela Isr.	"	"	" "
13388	157268	Wormser, Jacques Isr.	"	"	" "
13389	157171	Wohlmuth, Moritz Isr.	"	"	" "
13390	157173	Weiss, Jabor Isr.	"	"	" "

69

Konzentrationslager AUSCHWITZ   Art der Haft: Sch. Jude Gef. Nr.: 157148

Name und Vorname: M a y e r Arthur

geb. 20.1.1888   zu: Seeheim Hessen

Wohnort: Lyon, rue d'Colombier 33

Beruf: Arzt   Rel.: kos.

Staatsangehörigkeit: staatenlos   Stand: verh.

Name der Eltern: _____ Rasse: _____

Wohnort:

Name der Ehefrau: Margarite-geb-Benedykt   Rasse:

Wohnort:

Kinder: keine   Alleiniger Ernährer der Familie oder der Eltern:

Vorbildung:

Militärdienstzeit: _____ von — bis _____

Kriegsdienstzeit: _____ von — bis _____

Größe: 1,62   Nase: langgebogen   Haare: dkl.braun   Gestalt: oval

Mund: normal   Bart: keinen   Gesicht: oval   Ohren: normal

Sprache: deutsch,franz-engl.griech.   Augen: dkl.braun   Zähne: 1 Lücke, 2 Gold

Ansteckende Krankheit oder Gebrechen:

Besondere Kennzeichen: keine

Rentenempfänger:

Verhaftet am: _____ wo: _____

1. Mal eingeliefert: 10.10.43   2. Mal eingeliefert: _____

Einweisende Dienststelle: RKA IE-B r 3233/41 g (1085)

Grund:

Parteizugehörigkeit: _____ von — bis _____

Welche Funktionen:

Mitglied v. Unterorganisationen:

Kriminelle Vorstrafen: angeblich keine

Politische Vorstrafen: angeblich kein

Ich bin darauf hingewiesen worden, dass meine Bestrafung wegen intellektueller Urkundenfälschung erfolgt, wenn sich die obigen Angaben als falsch erweisen sollten.

v. g. a.   **Der Lagerkommandant**

KL/42/4.43 500.000

70 »Die willkürliche jüdische Festlegung von 6 Millionen JUDEN-TOTEN schmilzt unter den amtlichen Veröffentlichungen internationaler Archive (siehe Polen). Der JUDE und seine unendliche Vermarktung seiner Toten, ein sehr ertragreiches jüdisches Geschäft ohne Arbeit.«
Aus meinem Briefkasten, 1. Mai 1992

71 Auf dem Markt leuchtet es. Männertreu und Geranien. Wie fast jeden Samstag treffe ich den Feuilletonchef des *Kreisblatts*, Herrn Z wie Ziegler oder Zeiler, der in Schönberg wohnt. Gewöhnlich grüßen wir uns nur, ein Kopfnicken, ein *Guten Tag*, und wir wenden uns wieder unseren Einkäufen zu.
Herr Z ist ein Käse-Liebhaber. Er kauft die guten teuren fetten. Schlank, etwa in meinem Alter, Spitzbart. Am Gemüse-Stand treffen wir uns wieder. Er ist vor mir dran. Nachdem er alles hat, was er braucht, spricht er mich an. Ich habe mir gerade die schönsten Paprikaschoten herausgesucht und will zu den Zucchini übergehen, da sagt er, hab gehört, Sie haben Schwierigkeiten?
Antisemitische Flugblätter, so was haben er und seine Kollegen auch schon mal bekommen.

Aufbauschen, sagt er. Das ist eine journalisti-
sche Todsünde.

Aufbauschen?

Es heißt immer, der Wald stirbt, und wenn man
hingeht, sieht man, alles ist da.

Darum geht es nicht.

Oder wenn in einem Kaff in Südafrika eine
Überschwemmung ist, schreien Sie ja auch nicht
gleich *Afrika überschwemmt*.

Es geht um das Schweigen, sage ich.

Das ist normal, sagt er. Die Erfahrung macht
man als Journalist immer, daß jemand nichts
sagen will.

Mittlerweile habe ich die Paprikaschoten zum
Abwiegen gereicht und auf die Zucchini verzich-
tet, eine Melone konnte ich gerade noch greifen.
Wir sind mitten im schönsten Streit, stehen einander gegenüber, mit außergewöhnlich großem
Abstand. Ich habe meine Tasche abgestellt und
erzähle über den Abstand hinweg, wie es mir
mit Fritz G ergangen ist.

Das ist normal, erklärt er. Daß jemand nichts
sagen will, das muß man respektieren.

Aber, sage ich, wenn man nicht darüber redet,
bleibt alles weiter eingefroren.

Wieso? Es gibt Leute, die lieber reden wollen,

und Leute, die lieber verdrängen wollen. Das
muß man respektieren.

Auch er hat seinen Korb abgestellt. Ab und zu
geht jemand zwischen uns hindurch. Ab und zu
fange ich einen neugierigen Blick auf.

Offenbar haben die Menschen immer noch
Angst, wenn man auch jetzt noch nicht darüber
reden kann.

Sie wollen andere Meinungen nicht zulassen.

Sie müssen andere Meinungen zulassen.

Es geht nicht um Meinungen. Es geht darum,
daß dieser Teil der Geschichte völlig ausgeblen-
det wird.

Sie übertreiben.

Irgendwie habe ich das Gemüse bezahlt, ohne
es zu merken, vermutlich auch das Wechselgeld
eingesteckt.

Es war ja auch keine besonders gute Zeit.

Eben darum ... und vielleicht würden die Leute
sich besser fühlen, wenn sie endlich darüber reden würden.

Also, Wahrheit macht frei, sagt er. Das hat der
Stasi auch behauptet.

Ich werde wütend, sage, daß ich diesen Ver-
gleich unglaublich finde, unerhört, unverschämt,
daß ich das nie von ihm gedacht hätte, ettzette-

ra peepee, bin zu wütend, um noch klar zu den-
ken, sonst wäre mir sofort aufgefallen, daß *Wahr-
heit macht frei* niemals ein Stasi-Motto war und
Herr Z vielleicht etwas durcheinandergebracht,
an das Motto über jenem Tor gedacht hat.
Herr Z merkt, daß er zu weit gegangen ist.
Herr Z lenkt ein.
Ich wollte Sie nicht ärgern.
Das ist wirklich unerhört.
Sorry, sagt er. Ich habe mich hinreißen lassen.
Ein Scherz unter Freunden.
Ich finde das nicht lustig.
Mit Ihnen werde ich nie mehr scherzen.
Seine Frau, die schon seit einiger Zeit hinter
ihm steht und auf ihn wartet, zupft ihn am Är-
mel.
Ich bin fertig, wir können gehen.
Herr Z wiederholt, daß er niemals mehr mit mir
scherzen wird. Seine Frau gibt auf und strebt al-
leine dem Parkplatz zu. Er achtet nicht darauf.
Sie haben keinen Humor.
Ich fühle leider die Notwendigkeit, Herrn Z dar-
auf hinzuweisen, daß ich sehr wohl Humor
habe.
Manche Leute glauben, sie hätten Humor, haben aber keinen, meint Herr Z.

72 »Der JUDE als Ausbeuter arbeitender Völ-
ker! Das sind Todbringer für unser deutsches
Volk – tötet sie!«
Aus meinem Briefkasten, 6. Mai 1992

73 Im *Lokalblatt* erscheint ein großer Artikel
von Hans Y über Arthur Mayers Zeit in Auschwitz. Die Dokumente sind abgedruckt, gedeutet,
erklärt. Die Redaktion hatte Herrn C um ein Foto gebeten. Herr C hatte ein Foto in die Redaktion gebracht. Eine halbe Stunde später war er
wieder erschienen und hatte das Foto zurück-
verlangt. Er könne das seiner Frau nicht antun.
So kam das Foto, das ich im Bild-Archiv der
Gemeinde entdeckt hatte, auf die Titelseite des
Lokalblatts, das Schönberger Geschäftsleute mit
ihren Anzeigen finanzieren: Arthur Mayer, zu-
gemalt vom Hüter der Geschichte, kostenlos in
jedem Schönberger Briefkasten.

*L*eonid L. Jude. Geboren 1936 in Leningrad. Ich sah eine Fotografie des sechsjährigen Kindes, *nach Leningrad*, erklärte der Mann, der dieses Kind einmal gewesen und jetzt mein Schützling war. Ausgemergelter Körper. Hühnerbrust. Riesenkopf. Hungeraugen.

Nach Leningrad, das hieß nach der Belagerung der Stadt durch meine Landsleute.

Leonids Vater fiel in diesem Krieg. Schon das Kind hatte keine Erinnerung mehr an ihn.

Leonid L. Mitglied der KPdSU. Nachrichtentechniker. Später arbeitet er als Ökonom.

Er veröffentlicht einige Fachartikel, schreibt ein Buch über *Ökonomische Probleme in der UdSSR*, ein Buch, das Manuskript bleibt. Es ist noch nicht die Zeit von Glasnost und Perestrojka. Es darf noch nicht gedacht, erst recht nicht kritisiert werden. Dieses Manuskript aber ist kritisch, ebenso ein zweites: *Wer ist wer in Leningrad.*

Die Manuskripte fallen in die Hände des KGB, da
ist Leonid einundvierzig Jahre alt.

Er wird verhaftet, seine Wohnung durchsucht.
Belastend auch, daß man dort einen Ausreise-
Antrag nach Israel und ein hebräisches Wörter-
buch findet.

Monatelange Verhöre. 1978 dann der Prozeß,
unter Ausschluß der Öffentlichkeit. Ein Fall von
Vaterlandsverrat wird konstruiert. Der KGB zieht
die Fäden. Ein aufsässiger Mensch soll botmä-
ßig gemacht werden.

Dreizehn Jahre Zwangsarbeit.

Als ich mir meinen Schützling unter vielen anderen inhaftierten Schriftstellerinnen und Schrift-
stellern aussuche, hat er etwa elf Jahre in ver-
schiedenen Lagern verbracht. Briefe. Bittschrif-
ten. Sacharow setzte sich für ihn ein. amnesty
international. Günter Grass. Er wird Ehrenmit-
glied des bundesdeutschen PEN. Des schwedi-
schen, des kanadischen. Längst gibt es Glasnost
und Perestrojka.

Was, du betreust einen sowjetischen Gefange-
nen? fragen meine Freunde. Die sind doch alle
freigelassen.

Manche wollen es einfach nicht glauben.

Ende April 1990 schließlich die Entlassung,
dreieinhalb Monate vor der Zeit.

Leonid möchte ausreisen. So schnell wie möglich. Briefe. Telegramme. Telefonate. Briefe und
Telegramme kommen mal an, mal nicht. Tele-
fonverbindungen werden hergestellt oder nicht.
Willkür. Nichts kann man wissen, nichts einschätzen und schon gar nichts berechnen. Schikane
bis zum letzten Augenblick. Der Flugschein, den
der PEN für L. in Leningrad hinterlegen läßt, ist
nicht auffindbar. Der deutsche Konsul schaltet
sich ein. Der Flugschein findet sich.

Am 15. September dieses Jahres fahre ich zum
Frankfurter Flughafen.

Ich war zu früh da, sah den Menschenstrom,
fragte mich, wie ich ihn da herausfischen sollte.
Jetzt erst fragte ich mich das. Ich war gar nicht
auf den Gedanken gekommen, daß ich den Menschen, an dessen Schicksal ich so viel Anteil ge-
nommen hatte, vielleicht nicht erkennen würde.
Außerdem gab es ja das Zeitungsfoto.

Auf dem Foto sitzt L. in Sträflingskleidung und
mit geschorenem Schädel an einer Nähmaschi-
ne. Sieht aus wie ein Stier. Ein gequälter Stier,
wenn man genauer hinschaut. Schließlich eine

verlorene Gestalt, ein trauriges Gesicht, geröte-
te Augen hinter einer dicken Brille. Dieser da
hatte nichts Stierhaftes, eher etwas Verwehtes.
Er war schon ein Stück an mir vorbei. Unsicher
fragte ich: Leonid?
Er drehte sich sofort um, als hätte er auf dieses
leise Wort gewartet.

Sein Koffer war schwer. Man konnte ihn rollen,
aber dazu hätte er sich bücken müssen. Ich sah,
daß er sich abschleppte, und bat ihn zu warten,
bis ich einen Schiebewagen geholt hätte. Er
wehrte ab. Wollte nicht allein bleiben auf dem
fremden Planeten.
Ich bin auf einem fremden Planeten, sagte er.
Auf englisch.

Daß die Verständigung nicht einfach sein würde,
wußte ich schon vom Telefonieren.
Ich wollte ihm die Buchungsnummer seines
Flugscheins sagen. Sie begann mit einem J.
J, sagte ich.
What? fragte er.
J – the letter J.
Letter?
J like A B C D E F G H I *J –*

What?

The letter J – like Jerusalem.

Jerusalem?

J – like Jesus.

Jesus?

Jesus Christ. You know the Christians have Jesus.

Ah – the Christians.

No, Jesus – J like –

Auf das Naheliegendste kam ich nicht. J like Jew.

Schon auf der Autobahn war der KGB dabei. Mikrowellen. Strahlen. Foltern. Kopfschmerzen. Kontrolle. Kontakt mit außerirdischen Wesen. Mir sank der Mut.

Hunger hatte er nicht. Sie haben mir so viel zu essen gegeben, in dem Flugzeug. Er sagte es staunend. Kostete dann aber doch die fremden Gerichte. Andächtig. Deutsches Brot und russischer Kognak.

Einsam steht mein Schützling im dunklen Zimmer am Fenster und schaut hinaus. Späht. Ich weiß, wonach er Ausschau hält. Ich rufe ihn und mache Licht. Noch hoffe ich, daß der Bann zu brechen ist.

Am Morgen steht Leonid in meiner Küche, jetzt doch wie ein Stier, breitbeinig, fest auf dem Boden, in der Ausweglosigkeit der Arena.

Sie werden mich töten.

In der Nacht hatte er ihre Nähe ganz deutlich gespürt. Sie wissen, daß ich hier bin. Sie haben deine Adresse.

Nur *seine* Angst?

Die Angst der Zimmervermieterin, der ich, naiv, in der Hoffnung auf ihre Teilnahme, seine Geschichte erzählte. Ihre Pension ist die schönste bei uns im Ort. Ein Park. Alte Bäume. Ruhe. Ein weiter Blick.

Ob sie keinen Ärger bekommen würde, fragte die Frau. Alarm in der Stimme. Das Zimmer bekam ein anderer.

Nur *ihre* Angst?

Vor meinem Haus hielt ein Auto. Ich hörte russisch sprechen, sah einen Mann, der sich ins Fenster beugte, zu einer Frau sprach. Und mußte den Gedanken an den KGB beiseite schieben. Er war da und mußte weggeschoben werden.

Oder das Pärchen, das sich wochenlang auf einer Bank in der meinem Haus gegenüberliegen-

den Anlage aufhielt. Sie saßen da, von morgens bis abends, auf immer derselben Bank. Der Abfallkorb randvoll mit Bierdosen, Rotweinflaschen. Morgens las er die Zeitung. Sie saß dabei. Manchmal ließ er die Beine im Wasser baumeln. Manchmal schnäbelten sie, und einmal schlugen sie sich. Er rannte fort, sie hinterher, mit Armen wie durchgedrehte Windmühlenflügel. Manchmal lagen sie auf der Wiese und schliefen. Als es einmal regnete, sah ich sie auf einer anderen Bank unter einem Baum.
Sie hatten einen Schirm aufgespannt.
Leonid spähend am Fenster. Wer ist das?
An einem Morgen breitete der Mann die Arme aus, die Frau ging hinein, sie standen umschlungen. Das ist der Abschied, dachte ich. Erleichtert. Keine Fragen mehr nach diesem Pärchen. Statt dessen tauchte ein anderes auf. Dieselbe Bank. Wer ist das?
Und plötzlich war ich mir meiner Sache auch nicht mehr so sicher. Meiner Sache. Meiner Wirklichkeit.
Wenn wir gehen, mußt du immer ein paar Haare zwischen die Tür klemmen, sagte Leonid. Dann wissen wir, ob der KGB da war.
Aber es stellt sich auch ein Alltag ein. Leonid

hat seinen Platz am Tisch, neben sich, immer griffbereit, das Wörterbuch. Er durfte nur ein einbändiges mitnehmen. Zweibändige Wörterbücher mußten zurückbleiben. Dreißig Kilo Gepäck und hundertfünfzig Dollar. Damit entlassen auf den fremden Planeten.

Achtung! und *Hände hoch!* – das sind die deutschen Worte, die er kennt. *Achtung!* spricht er hart aus, wie beim Appell. Später fällt ihm noch ein anderes deutsches Wort ein, das haben die Aufseher im Lager gebraucht. Ar*bei*ten, ar*bei*ten. Im fernen Ural.

Bald lernt er ein neues Wort: Kopfschmerzen. In meiner Wohnung, die einem Gefängnis zu ähneln beginnt, ist kein Wort so oft zu hören wie dieses. Ich merke, wie *es* nicht mehr zu atmen wagt. Die Bauchdecke hebt und senkt sich nicht mehr von alleine. Er macht mir Kopfschmerzen mit seinen Kopfschmerzen. Ich nehme die Tabletten, die ich für ihn besorgt habe. Er will sie nicht. Er weiß, woher die Kopfschmerzen kommen. Wir gehen vors Haus. Ein Fahrer hält, läßt uns die Straße überqueren. Leonid stellt alle möglichen Fragen auf dem fremden Planeten. Ob Mercedes wirklich das beste Auto sei. Und auch, warum der Wagen eben gehalten habe.

Das war ein höflicher Fahrer, sage ich und denke mir nichts dabei. Habe Auto und Fahrer
längst vergessen, als Leonid wieder davon an-
fängt. Warum ... Schon eine rhetorische Frage.
Er weiß, es war der KGB.
Wir streiten nicht. Ich habe Erfahrung mit Ver-
rückten. Großmutter hatte auch einen Verfol-
gungswahn. Nur war es nicht der KGB, der sie
töten wollte, sondern die SS. Auch wenn die
schon vor dreißig Jahren ihre Allmacht verloren
hatte. Was man ja vom KGB nicht sagen kann.

Das Zimmer, das ich in einer Pension besorgt
habe, diesmal, ohne seine Geschichte zu erzählen, bleibt ungenutzt. Leonid fürchtet das Alleinsein auf dem fremden Planeten. Allein mit der
Angst und den Träumen von der Strafzelle, der
Isolierzelle, dem Karzer. Alleine mit dem Wahn,
der ihn schützt vor dem Zusammenbruch, notdürftig. Die Gefahr, daß es doch durchbricht,
daß alles wieder da ist: der Hunger, die Kälte,
minus zehn, minus zwanzig, minus dreißig, minus vierzig Grad. Keine Decke. Kein Kissen.
Hartes Holz. Alleinsein. Dunkel. Kopfschmerzen. Nur jeden zweiten Tag zu essen. Wasser
und Brot. Alleinsein und grübeln, woher die

Kopfschmerzen kommen. Sich das Leiden erklären wollen. Als wäre es dann leichter zu ertragen, das Bestraftwerden wie ein Kind, das In-
der-Gewalt-Sein. Insgesamt drei Jahre Karzer.
Er nennt es »camera«. Viele Sätze beginnen
so.

When I was in camera ...

Das Schlafbrett tagsüber hochgeschlossen. Die
Hände blau angelaufen. Der Leib schlotternd.
Warme Kleidung nicht erlaubt. Keinen Schlaf
finden in der Kälte. Todmüde, aber nicht schlafen können. Auf und ab gehen, auf ab auf ab.
When I was in camera ... Manchmal sei er zehn
Kilometer gelaufen. Er hat es ausgerechnet, wie
viele Schritte einen Kilometer ausmachen. Er
hat mitgezählt. Er hatte Zeit. Geht im Zimmer
auf und ab. Läuft sich ein. Leicht vornüberge-
beugt, eher schwankend als gehend, ein un-
glücklicher Schwebegang. Der Körper in sich
zusammengezogen, kleingemacht, hin her hin
her. Zielstrebig, mit gesenktem Kopf. Und sich
doch nicht kleinkriegen lassen. Trotz allem nicht
mit der Lagerverwaltung, dem KGB zusammen-
arbeiten. Keine Spitzeldienste. Obwohl es dann
besseres Essen gäbe. Briefe. Päckchen. Er bekommt nicht einmal, was ihm zusteht: ein Päck-

chen pro Jahr. Für die braven Buben gibt es alles. Auch Frauen. Sie werden ins Krankenhaus
verlegt, bekommen ein Zimmer und eine Frau
ins Bett. Die anderen müssen sehen, wo sie mit
ihrer Sexualität bleiben. Homosexualität ist
strengstens verboten. Schwere Strafen. Wer sich
anbietet, ist ein Provokateur. Die sich kleinkriegen lassen, kommen früher raus. Wenn er von
ihnen spricht, den Mitgefangenen, die schwach,
die *KGB geworden sind*, höre ich Wut. Wut, die er
für die Aufseher nicht aufbringt. Obwohl sie ihn
gequält haben, ihn besonders, so steht es zu lesen in den Berichten ehemaliger Mitgefangener.
Davon spricht er nicht. Ich frage nicht. Ich weiß,
daß zur Demütigung die Scham darüber kommt,
so gedemütigt worden zu sein. Aber ich frage
ihn, wann er zuletzt geweint hat. Konnte nicht
in Leningrad. Kann nicht hier. Immer sind seine
Augen gerötet von unvergossenen Tränen.
Und trotzdem lachen wir. Wir schneiden Salat,
und wir hören den Prediger Salomo, auf englisch, vanity oh vanity. Er lernt weitere deutsche
Wörter. Aufwiedersehen. Straße. Schlafen. Verstehen.
Ich verstehe ihn zu gut. Der Abstand geht mir
verloren. Das Gefühl der Ohnmacht. Nichts zu

machen. In der Gewalt. Jemand anders hat die ganze Macht über dich. Ist vorbei. Und nicht vorbei. Geht weiter. Weiter im Griff. Von ihnen besessen. Er ist nicht gestorben im Lager, wie so viele andere, hat sich nicht verkauft wie so viele andere. Fest und ein wenig breitbeinig steht er da. Sieht aus, als wäre er nicht von der Stelle zu bewegen. Durch nichts und niemand, wenn er nicht will. Das hat ihn bewahrt. Sturheit, Eigensinn. Eigener Sinn. Den bekomme ich zu spüren. Er will, was er will. Auch jetzt. Auch hier. Den amerikanischen Geheimdienst will er, den CIA. Alles sagen. Den Teufel mit dem Beelzebub austreiben. Alles sagen von den neuen Foltertechniken. Den Mikrowellengeräten, die Kopfschmerzen machen, den Gedankenlese-Apparaten. Du glaubst wohl, ich bin verrückt. Ich bin nicht verrückt. Gibt keine Ruhe. Will immerzu etwas. Wie ein kleines Kind. Ich werde ungeduldig, gereizt, wütend. Wenn ich meinen Namen höre, zucke ich schon zusammen. Ich weiß, jetzt kommt wieder etwas, das ich klären soll, wissen soll, machen soll. Dreizehn Jahre Stacheldraht, Wachtürme, Kälte, Hunger und totale Kontrolle. Die anderen sagen, was du zu tun hast. Zurückversetzt in den Zustand eines ganz kleinen Kindes.

Der Willkür ausgeliefert. Die Kopfschmerzen-
strafe beim geringsten Gedanken gegen die Be-
wacher. Dreizehn Jahre. Länger als das sogenannte Dritte Reich dauerte. Und wie lang kann
schon ein Tag sein, eine einzige Stunde in Not.
Sterben wollen und nicht können. Denn nicht
einmal das stand ihm frei: zu sterben.

Nicht leiden – kämpfen, sagt Leonid. Ich denke
an einen anderen Überlebenden, einen ebenfalls jüdischen Freund. Auch er ein abtrünniger
Kommunist. Unter den Nazis im Kazett. Kurze
Befreiung. Dann wieder Lager. Unter Ceauses-
cu. Der gleiche Starrsinn, die gleiche Fähigkeit,
sich zum Bollwerk zu machen. Zuweilen uner-
träglich. Aber es hat sie überleben lassen.

Überleben – was heißt das? Am Leben bleiben?
Einmal, beim Essen in Darmstadt, sehe ich ihm
in die Augen. Will ihm Mut machen mit einem
Blick, will sagen, bist nicht allein in den ersten
Tagen auf dem fremden Planeten. Vergesse, daß
ich für ihn Teil dieser Fremde bin. Seine Landsmännin, die als Übersetzerin mitgekommen ist,
fragt er: Verstehst du sie?

Sie, das waren wir, die Deutschen.

Er war höflich. Er bedankte sich. Zeigte gute
Manieren auf dem fremden Planeten.

Seine Landsmännin wunderte sich darüber, wie gepflegt er war.

Entlassene Gefangene sehen bei uns anders aus, sagte sie. Heruntergekommener, älter.

Ich sah in seine Augen, und die Augen waren tot. Ohne Glanz, ohne Tiefe, hatten nichts zu sagen. Nicht wie unlesbar gemacht, etwa aus Sicherheitsgründen, Fenster zu, Vorhang vor, damit niemand sehen kann, was drinnen vor sich geht. Diese Augen blickten, als wäre das Leben schon lange draußen aus dem Körper, der nur noch funktionierte, sich aus irgendeinem Grunde weiter bewegte. Vorsichtige Bewegungen, unsicher im Raum. Außer sich. Ein Mensch, der fragt, aber die Antworten nicht hören, nicht zuhören kann. Der auch das Englisch nicht versteht, das er versteht. Und trotzdem können wir zusammen lachen.

Einmal spricht Leonid russisch. Ich höre zu. Der Rhythmus sagt mir, daß es ein Gedicht ist.

Ich antworte auf deutsch. *Sie saßen und tranken am Teetisch ...*

Er hört zu.

You understood me very well, sagt er.

Puschkin? frage ich.

Ja, sagt er. Und jetzt Lermontow. Dann singen

wir die israelische Hymne, hevenu schalom ale-
chem ...

Wenn ich gehe, fragt er: Wann kommst du wieder?

Zusammengesunken sitzt er auf der Couch, den
Daumen in der Faust versteckt.

Die Mutter ist gestorben, während er im Lager
war. Vor Jahren schon.

Vom KGB umgebracht, sagt er. Und ich denke, ist
ja auch egal, vom KGB oder vom Kummer, es
läuft auf dasselbe hinaus. Der Wahn ist so dicht
bei der Wirklichkeit, der Übergang fließend.

Der Vater hat wieder geheiratet, eine Frau in
meinem Alter. Die Frau konnte ihn nicht ertragen.

Sie war froh, als ich ging, sagt er.

Dreizehn Jahre und dann heimkommen in eine
Wohnung, in der die Mutter nicht mehr ist. Kein
Arm, der dich umfängt und tröstet. Eine fremde
Frau, die sich nicht quälen lassen will.

Ich kann sie verstehen. Wehre mich auch. Will
nicht gequält werden und weiß doch, wer gequält worden ist, muß wieder quälen. So wie der
Körper etwas von der Hitze abgeben muß, die er
gespeichert hat.

In der Sowjetunion, sagt Leonid, glaubt man,
daß jeder dauernd an einen denkt. Immer ist jemand da, der auf dich aufpaßt. Aber hier, hier
ist es, als ob niemand an einen denkt.

Ich nahm die Gelegenheit wahr, ein wenig
klugzuscheißen. Daß der Preis der Freiheit Ein-
samkeit sei. So sei das nun mal auf unserem
Planeten. Keine Kontrolle. Nicht jeder Schritt
überwacht. Du kannst kommen oder gehen oder
im Rinnstein liegen, es kümmert sich niemand
darum. Einen Augenblick in Gedanken in der
Hauptstadt seines Eldorados: ein Mensch, der
in einer Mülltonne wühlt, ein Mensch, der auf
der Straße schläft, eine Frau, die schreit, und es
ist, als wäre nichts. Am Tag gehen die Menschen
vorbei, in der Nacht bleiben die Fenster ge-
schlossen.

Leonid nahm seinen Gang in der Strafzelle wieder auf. Ich trat ihm in den Weg.

Hello, Mr. L. How are you this evening? Walking
the streets?

Er sah mich an.

You are a very good writer, sagte er. Nicht zum
erstenmal. Du bist eine sehr gute Schriftstellerin, eine ausgezeichnete Schriftstellerin, die beste Schriftstellerin von der Welt.

Woher er das wisse? Er lese in meinem Kopf. Tippte mir an die Stirn, nahm seinen Gang wieder auf.

Ich begriff, daß das ein Lager-Wort war. Zu ihm haben sie vielleicht gesagt: Du bist ein sehr guter Nachrichtentechniker. Zu einem anderen: Du bist ein sehr guter Bäcker. Hohn, Kränkung und Aufmunterung und Beschwichtigung, alles auf einmal, auch Erinnerung daran, daß man einmal etwas anderes war als Gefangener, Entwürdigter, ein Nichts. Einmal einen Beruf hatte. Jemand war.

Als wir vertrauter miteinander geworden sind, läßt er mich auch den Haß spüren, den Haß darauf, daß ich bin, was ich bin, habe, was ich habe. Eine Wohnung. Ein Auto. Tägliches Essen. Sicherheit. Freiheit. Leben. Daß all das hier war, die vollen Läden, die geheizten Wohnungen, die Blumen vor den Fenstern, während er im Lager war, im fernen Ural.

Du solltest mal zwei Monate, nur zwei Monate in der UdSSR leben und sehen, wie das ist, du hier, ihr alle ...

Am letzten Tag, als er sich schon nicht mehr so fürchtete, einen dieser sauberen, hellen Läden auf dem fremden Planeten zu betreten, kaufte er Kuchen. Mehr, viel mehr, als wir essen konnten. Als müsse er die Chance nutzen, eine Gelegenheit, die nie wiederkommt.

Er war schon längst über den großen Teich, als ich mir immer noch den zurückgelassenen Kuchen hineinquälte, täglich ein Stück. Kriegskind. Kann kein Essen wegwerfen. Aber der Fisch, you like Russian fish? Stockfisch, Salzfisch, eine Kostbarkeit, da, wo er herkam, eine Seltenheit, für die man viele Stunden Schlange stehen muß, wenn es sie überhaupt gibt, der Fisch, den er in der Stunde seiner Ankunft stolz ausgepackt und mir unter die Nase gehalten hatte, so daß ich zurückfuhr, der Fisch, über den er dann verzückt hinweggeschnüffelt und den aufzutischen ich immer wieder vergessen hatte, lag noch lange herum, in Plastiktüten verpackt, im Karzer ein Traum, der das Wasser im Munde zusammenlaufen läßt, in meiner deutschen Küche ein Greuel.

Dannile

*I*m Traum war ich in Daniels Zimmer, lag wieder
in seinem Bett, und ringsum herrschte das Chaos: halboffene Schränke, aus denen Pullover,
Hemden, Hosen quollen, auf dem Boden Socken,
Legosteine, Schulbücher, umgekippte Spielzeug-
autos, die Tapeten von den Wänden gefetzt, die
Rollschuhe wie auf dem Rücken liegende Käfer
und ich in Daniels Bett, den Blick auf die Löcher
in der gegenüberliegenden Wand – er mußte
vom Bett aus geschossen haben, mit einer
Schleuder oder einer Spielzeugpistole, vielleicht
hatte man ihn ins Bett geschickt, zur Strafe, in
Verbannung, oder einfach, weil es Zeit war, und
er hatte sich gerächt, ein tiefes Loch nach dem
andern in die Wand neben dem Schrank, dabei
vergißt man alles, das Alleinsein, die Unruhe,
zielen, schießen, das Loch betrachten.
Zu anderen Zeiten hatte er Illustriertenbilder
ausgeschnitten, Werbefotos, eine schöne Dame
im weißen Pelzmantel, ein schicker schwarzer

Sportwagen, mit Reißzwecken an die Wand ge-
pinnt, und ein Foto von ihm, gerahmt, er sitzt an
einem Schreibtisch und schaut in die Kamera,
ohne zu lächeln, unbewegt dieses Kind, das sonst
keinen Augenblick stillstehen, stillsitzen, stillschweigen kann, starr das Chaos überblickend,
Herrscher über ein Reich, das nur er kennt. Ich
lag in seinem Bett und war zugleich er, ein siebenjähriger Junge, Dannile, nenn mich nicht
Dannile, nenn mich Daniel, und ich, eine Frau, zu
Gast in einem fremden Land, bei fremden Leuten. Wir kannten uns ja kaum, Neumanns und
ich, und doch hatten sie mir ihre Gastfreund-
schaft angeboten, da hatte ich nicht das Recht zu
sehen, was ich sah. So tat ich, als sähe ich nichts,
und Majoll erklärte, ich sei ein bequemer Gast.
Ich war in die Familie aufgenommen, ohne zu
wissen, warum eigentlich. Bis heute weiß ich
nicht, warum Majoll mich eingeladen hat, damals in Deutschland, nachdem sie sich, es war
am letzten Abend der Tagung, während der Bus-
fahrt zurück in die Stadt, plötzlich neben mich
gesetzt und mir ein Geschenk gegeben hatte.
Etwas, das ich in Jerusalem gekauft habe, sagte
sie auf englisch, für irgend jemanden in Deutschland.

Sie sagte nicht, warum sie es ausgerechnet mir gab. Wir hatten kaum miteinander zu tun gehabt in den vergangenen Tagen, ich war erstaunt, aber ich nahm es und fragte nicht.

Zu Hause legte ich es zu den Kostbarkeiten auf meinem Schreibtisch, obwohl ich es geschmacklos fand: ein Brieföffner in Form eines Dolches, zweischneidig und mit einer Krümmung. Ein billiges Souvenir, für mich aber eine Erinnerung an Tage der Herdenwärme, Deutsche und Juden, die sich gegenseitig gewärmt hatten, für ein paar Tage nur, es gab solche, die sich abseits hielten, aber doch auch so etwas wie einen inneren Kreis, da fühlte ich mich wie in Abrahams Schoß.

Im Traum wußte ich von alldem nichts mehr, wußte nicht, wie ich in dieses Bett gekommen war, fragte auch nicht danach, nahm es hin, daß ich dalag und ich war, fremd und Gast im Kinderzimmer, und zugleich das Kind Daniel, nenn mich nicht Dannile, nenn mich Daniel. Ich fühlte mich irgendwie ungemütlich, überflüssig, wußte nicht, was ich da sollte, was sie von mir wollte, Majoll, seine Mutter oder fast seine Mutter. Daniel ist ein angenommenes Kind, weiß aber nichts davon, daß er nicht in Majolls Bauch gewachsen ist, sondern in irgendeinem anderen, über den Majoll sich ausschweigt, als wäre es ein Geheimnis, das unter allen Umständen gehütet werden muß, ein Geheimnis oder eine Schande, kein Wort über den Bauch, aus dem Dannile gekommen ist. Einmal fragte ich, Majoll ging darüber hinweg, als hätte sie nicht gehört, ich fragte nicht wieder.

Im Traum war mir, als hätte ich immer schon in diesem Bett gelegen, kein Gestern, kein Morgen und irgendwo weit weg Jakob und Majoll. Keine Sprachschwierigkeiten: geredet wurde nicht, Schweigen herrschte. Ich litt darunter, mich nicht verständigen zu können, in dem fremden Land, zurückversetzt in den Zustand eines kleinen Kindes, hilflos stammelnd oder von einem zum andern schauend, hätte doch so gern verstanden, was sie sagten. Aber mit Daniel war es etwas anderes, er erriet, daß ich *Pferde* meinte, wenn ich *Haare* sagte, und war sogar so taktvoll, darüber hinwegzugehen. Irgendwie kam dieser Irrtum dann doch zur Sprache, er faßte sich an die Haare, ich wieherte, und damit war alles klar. Wenn ich mit ihm sprach, flogen mir Worte zu, von denen ich nicht wußte, daß ich sie kannte. Er lachte nicht über meine Fehler, er nahm

mich, wie ich war, *chavera scheli*, sagte er, wenn
andere Kinder fragten, wer das sei, die fremde
Frau da, *meine Freundin.*

Ich konnte mir seinen Namen noch nicht merken, da war es schon, als gäbe es eine unsichtbare Brücke zwischen uns. Ich sah ihm in die
Augen – es war, als blickte ich ins Nichts. Das
waren keine Kinderaugen. Es waren die Augen
eines Menschen, der alles erlebt hat. Ihre Starr-
heit stand in merkwürdigem Gegensatz zu seiner Unruhe, und sie waren ohne Trauer und ohne Lächeln. Ich sah das und fühlte für ihn, die
Verständigung war da, von diesem Augenblick
an.

Majoll hatte die Familie eingeladen, die Salate
waren noch nicht fertig. Ich ließ die Reisetasche
fallen und schnippelte Tomaten, Gurken, Zwiebeln. Majoll rührte die Sauce zusammen, ihre
Hände flogen. Es war der 24. Dezember, nicht
Weihnachten, sondern Chanuka und etwas Ge-
hetztes in der Küche, das erinnerte mich dann
doch an zu Hause, mutete mich vertraut an, die
eilenden Schritte, die abgehackten Sätze, die
ganze fliegende Hetze. Scheinbar nahtlos fügte
ich mich ein in die fremde Umgebung, streichel-

te das Familientier, einen Schäferhund, dessen
Namen ich mir genausowenig merken konnte
wie den des kleinen Jungen, und der plötzlich
zuschnappte und aufs Dach verbannt wurde, wo
Jakob mir seine Pflanzen zeigte, halbverdorrt
waren die, welk in der Abendsonne, Lavendel
und Melisse, Tomaten und Minze. Jakob sprach
deutsch, es ist seine Muttersprache, ein war-
mes, weiches Deutsch mit müder Stimme. Er
entschuldigte sich, daß die Pflanzen vertrocknet
waren, ich sagte, es sei nicht so schlimm. Und
dann war das Wohnzimmer voller Menschen,
Jakob verschwand und kam mit einem goldbe-
stickten Kippale zurück, das hatte er in der Eile
etwas schräg aufgesetzt, so sprach er den Segen
mit unziemlicher Keckheit, die Kinder zündeten
jedes eine Kerze an, es wurde gesungen und
endlich gegessen, und der kleine Junge, in dessen Zimmer ich untergebracht war, zappelte
herum wie ein Hampelmann, an dem irgend jemand immerfort zieht.
Nach dem Essen kam ich mit Majolls Vater ins
Gespräch. Wir saßen nebeneinander, spürbare
Zurückhaltung, langsame Annäherung. Daß er
im Sommer in Polen gewesen war, erzählte er,
im Ghetto und im Lager, Lodz und Auschwitz,

seine Stimme blieb flach. Zum erstenmal seit
damals, sagte er. Als ich wieder nach Hause
kam, erkannte ich meine Wohnung nicht mehr,
ich wachte auf und wußte nicht, wo ich war.

Wir schwiegen. Majoll und ihre Mutter gingen in
der Küche hin und her, Geschirr klapperte, die
Kinder tobten, die Wohnung war voller Unruhe,
wir saßen wie unter einer Glasglocke. Ich weiß
nicht, ob ich in Erwägung zog, mich in die Küche zu retten, an den Abwasch, aber ich weiß,
daß ich mir das nicht hätte leisten können, ich
war ja die Deutsche.

Der Junge, der Zappelphilipp, in dessen Zimmer ich schlafen sollte, streckte mir ein Blatt
Papier hin, eine Kulizeichnung.

Das bin ich, sagte er.

Ein winziges Köpfchen, ein riesiger Oberkörper,
wie aufgeblasen, ein in Siegerpose erhobener
Arm. Ich fragte, warum die Gestalt keine Hände
hat. Das Kind deutete auf einen Krakel, das war
die Hand, eine geballte Faust.

Chasak, sagte das Kind.

Seitdem weiß ich, was *stark* heißt; das Wort für
schwach habe ich nie gelernt, es wird kaum gebraucht im Land meiner Mütter.

Im Traum wußte ich auch davon nichts oder fast

nichts, ich war aufgewacht, in der Wohnung war es totenstill, ich lag in Danniles Bett, aufgewacht aus einem Traum, von dem ich nichts mehr wußte, in einem Zimmer, in dem ich gleichzeitig fremd und zu Hause war.

Jeden Morgen trieb eine eingeweichte Hose in der Badewanne. Sein Körper entleerte sich im Schlaf, plötzlich öffneten sich die Schleusen, er konnte es nicht aufhalten, manchmal geschah es auch im Wachen.

Tagsüber fuhren wir ans Meer. Er grub nach Muscheln, ich schaute aufs Wasser. Ich ließ ihn in Ruhe, er ließ mich in Ruhe. Er schlug mit einem Stock um sich, zerschnitt die Luft mit weit ausholenden Schlägen, er rannte, sprang, hüpfte, wälzte sich im Sand, er schrie, er spielte mit anderen Kindern. Ich verstand nicht, was sie sagten, aber hörte ein Wort, das immer wieder auftauchte in dem stetig vorbeirauschenden Strom der fremden Sprache, *sartan*, ich weiß bis heute nicht, was das heißt, aber ich habe es nicht vergessen, wie ein roter Ball, der auf den Wellen tanzt, *sartan*, das mußte etwas Aufregendes sein, etwas Seltenes und Gefährliches, ein Seeteufel vielleicht.

Wir ließen einander leben, Daniel und ich, und

kämpften nur ein einziges Mal, da war er ein blaugefrorener, bibbernder kleiner Junge.

Zieh deinen Pullover an.

Ich will nicht.

Aber ich will es.

Ich will nicht.

Du ziehst jetzt deinen Pullover an.

Ich will nicht.

Ich wurde wütend, wollte nicht schuld daran sein, daß er sich erkältet.

Du ziehst jetzt sofort deinen Pullover an.

Ich will nicht.

Ich wurde so wütend, daß ich ihn hätte schlagen können, erschlagen, auf ihn einschlagen.

Ich will nicht, sagte er und sah mir in die Augen. Zum erstenmal schaute er mir direkt in die Augen und lachte, frech und frei, dann zog er langsam den Pullover über den Kopf. Für diesmal ließ er mich gewinnen.

Er betrachtet die Welt als Schlachtfeld, erklärte Majoll, als Kampfplatz. Wenn er morgens aufwacht, ist er sofort auf Kampf aus. Und wenn er nichts findet, worum er kämpfen kann, dann eben um die Socken oder die Schuhe.

Aber heut nacht im Traum, als ich in seinem Bett lag und mich in ihn verwandelt hatte oder

verwandelt worden war, konnte es keinen
Kampf geben, weil niemand da war zum Kämpfen, kein Gegner und kein Verbündeter. Dalie-
gen, die Stille in den Ohren und so allein, wie es
in der Wirklichkeit ganz selten ist, höchstens in
einer Wüste, einer blauen, schiffbrüchig trei-
bend, nichts als Wasser und Himmel, *schamaim*
heißt das im Land meiner Mütter, *Stille und
Wasser*, oder einer gelben, auch dort ist der
Himmel beängstigend still, jedenfalls, wenn
man alleine ist und Durst hat. Es war, als wäre
die Welt entvölkert, und ich alleine wäre zurückgeblieben, wahrscheinlich vergessen oder aus-
gesetzt, möglicherweise zur Strafe, übriggelas-
sen, übriggeblieben, aber darauf kam es schon
gar nicht mehr an, es war ja niemand da, bei
dem man sich hätte beklagen können, um Ver-
zeihung bitten oder Rache schwören, niemand
da, der Tränen getrocknet oder das Schreien gehört hätte, Wut, Rachlust, Heulen, alles in einer
Leere, die doch eher einer weißen Wüste glich,
es sind die weißen Wüsten, in denen ein Schweigen herrscht, das jeden Ton schluckt.
Einmal, als Majoll nicht da war, strich Jakob seinem Sohn über den Kopf und sah mich an. Er ist
sehr männlich, sagte Jakob in seinem singen-

den Deutsch. Bestimmt wird er mal ein Frauenheld. Er ist schön und intelligent, und wenn er
will, kann er sehr nett sein.

Einmal, als Jakob nicht da war, redeten wir, Majoll und ich, zwischen Tür und Angel. Sie nahm
sich der nassen Handtücher an oder packte die
leeren Wasserflaschen aus und fragte ihren
Sohn nebenbei: Wie war's?

Schön, antwortete der mürrisch.

Weißt du, sagte Majoll zu mir, daß ich die Frau
bedaure, die einmal seine Frau sein wird?

Ich auch.

Wir sahen uns an und lachten, es war ein drek-
kiges Lachen, und wir waren einander plötzlich
ganz nahe, vollkommen einig, zwei Verbündete
gegen den gemeinsamen Feind, zwei oder eigentlich drei, wir beide und die Zukünftige, die
vielleicht noch nicht einmal geboren war, aber
irgendwann im Einundzwanzigsten Jahrhundert
unweigerlich in der Falle sitzen würde, wir drei
gegen die Paschas dieser Welt: Wenn der sich
schon als siebenjähriger Knirps so aufführte,
wußte man ja, was daraus werden würde, von
wegen Frauenheld, ein Monster, das ich sagt,
und ich und noch mal ich, bestenfalls ein Gok-
kel, der in der Wohnung herumstolziert, wie ge-

fall ich dir? gefall ich dir? bin ich gut? einer von diesen Kotzbrocken, die nicht bloß so tun, als gäbe es nur sie auf der Welt, sondern es zuwege bringen, das wirklich zu glauben, jeder ein Erdball, um den sich alles dreht, Mutter, Frau und Kinder.

Wir lachten wie Bedienstete, die in der Küche über die Herrschaft herziehen, nur einen Augenblick lang, dann war es vorbei und nicht mehr komisch. Majoll sprach davon, wie er die Kinder im Kindergarten terrorisiert hatte, die Eltern hatten sich zusammengetan und seinen Ausschluß verlangt. Jetzt in der Schule ist es schon wieder soweit, sagte sie sachlich, eine nüchterne Feststellung, nichts zu hören von der Wut, über die wir gelacht hatten, ein Bollwerk der Vernunft gegen dieses Kind, das eine Festung war, eine uneinnehmbare, wenn es ums Nein ging, ich will nicht. War die Zugbrücke einmal oben, gab es kein Rüber-, kein Rankommen mehr, aber wenn Dannile etwas wollte, einen Wunsch hatte, eine Bitte, dann wurde er ganz verschämt, konnte es nur andeuten, flüsternd, mit niedergeschlagenen Augen und sich windend, als litte er Qualen.

Das Wünschen gab es schon nicht mehr, heute nacht in meinem Traum, kein Wunsch, und kei-

ne Bitte, nur das Horchen auf die Stille und das
Gefühl, fehl am Platze zu sein, etwa wie ein
Schuh, der in einem Baum hängt, egal, wie er
dahingekommen ist, mitgerissen, als Überschwemmung war oder Hochwasser und hän-
gengeblieben, als das Wasser sank, er ist zwar
da, aber er gehört da nicht hin, er hat da nichts
zu suchen, hat nicht das Recht zu sein, wo er ist,
gehört nicht dazu, ist nicht unter seinesglei-
chen, nicht einer unter vielen wie im Schuhla-
den oder Schuhschrank, wo er hingehört und
seinen Platz hat. Ich spürte ein Zucken in den
Beinen, ein Zucken oder ein Zittern tief innen-
drin, als wollten sie weg, aber wohin mitten in
der Nacht, Beton und Straßen, die einander gli-
chen, ausgestorben und neonbeleuchtet und ich
in dem halbdunklen, verwüsteten Zimmer im
Zustand der Rechtlosigkeit, als könnte jederzeit
irgend jemand an mein Lager treten und sagen,
raus, aufstehen, abhauen, los, verschwinde, als
müßte ich dann widerspruchslos gehen, als
könnte ich nicht einmal den Versuch machen,
um diesen Platz zu kämpfen, weil es nicht meiner war, weil ich nicht das Gefühl hatte, im
Recht zu sein, meinen angestammten Platz zu
verteidigen. Aber weg konnte ich auch nicht,

schon weil draußen Abba war, das Familientier,
der Schäferhund, der eine Hündin war und die
Zähne fletschte, sobald ich die Hand ausstreck-
te. In der ersten Zeit hatte ich noch um sie ge-
worben, es dann aber aufgegeben, sie anfassen
zu wollen. Wenn sie in der Wohnung war, ließ sie
mich nicht aus den Augen, verfolgte mich mit ihrem unergründlichen Blick oder kam hinter mir
her, lautlos, im leichten Trab der Wölfe.

Ich sah das Mißtrauen in ihrem Blick, spürte die
Bereitschaft anzugreifen, redete ihr gut zu, der
Blick blieb unverändert wachsam, als müßte sie
die Familie vor mir beschützen, angreifen, bevor
ich angreife.

Ich begann sie zu fürchten, mochte nicht allein
sein mit ihr in der Wohnung.

Es war mein Freund David, der mir schon vor
Jahren davon berichtet hatte, daß es im Land
seiner Väter Mode geworden war, Schäferhunde
zu halten. Ich hatte es nicht glauben wollen. David wußte, wovon er sprach.

Der gute Deutsche Schäferhund, sagte er mit
seinem rollenden R. Gehorsam und treu – so
hatte er sie im Lager kennengelernt. So hatten
sie zwei Freunde von ihm umgebracht, auf Befehl. Davids sterbensmüde Stimme, als er davon

sprach, daß Imre Finkelstein gleich gestorben
war und Moritz Rothschild noch ein paar Stunden gelebt hatte, oder waren es Tage.

Wenn ich schnell durch ein Zimmer ging, war es
ganz aus. Eile konnte Abba nicht leiden. Oder
dachte sie, ich wollte fliehen? Dann wurde ihr
Blick tückisch, oder sie lief mir nach und
schnappte nach meinen Fersen.

Deutsche Schäferhunde waren es auch, die in
polnischen Dörfern auf die Juden gehetzt wurden. David hat das noch mit angesehen.

Und jetzt Deutsche Schäferhunde überall im
Land der Väter, am Strand, in den Parks, den
Straßen und den Vorgärten. Auch Rottweiler
und Boxer, alles, was groß und gefährlich ist.

Von Dannile ließ Abba sich alles gefallen, sich
umhalsen, knuddeln, am Schwanz ziehen. Abba
machte mir klar, wie fremd ich war, auch wenn
wir uns wie zwei Schwestern gebärdeten, Majoll
und ich, zwei Schwestern, die vielleicht nicht zusammen aufgewachsen, aber eben doch Schwestern sind und ein Erbe zu teilen haben.

Wir saßen in der Küche und redeten, es war
Morgen, wir hatten gefrühstückt und waren
noch sitzengeblieben, redeten über das Erbe in
der verzweifelten Hoffnung, es besser ertragen

zu können, wenn wir verstanden ... Wir sprachen englisch. Majoll hatte die deutsche Sprache
nicht gelernt, obwohl es die Sprache ihrer Mutter war. Ich fragte nicht, ob die Eltern zu Hause
deutsch gesprochen hatten. Sogar die Sprache
ist gezeichnet. Zwölf Jahre. Ein Olivenbaum
braucht doppelt so lange, bis er zum erstenmal
Früchte trägt. Es ist jetzt schon zwei Generationen her, und ich zucke immer noch zusammen,
wenn ich irgendwo zwei Buchstaben höre oder
sehe. Es kann ein unschuldiges Schiff sein, die SS
Miliaris oder die Initialen eines Namens.

Ich fragte sie nach ihrem Namen.

Den habe ich mir selber gegeben, sagte sie.

Ihre Eltern hatten sie Ursula genannt. Sie war
noch in Deutschland geboren worden, wenn
auch *danach*. Ihre Eltern waren mit ihr ins Land
der Väter gekommen, sie war ein kleines Kind,
das noch nicht sprechen konnte. Später fand sie
ihn schrecklich, diesen Namen Ursula, alle anderen Kinder hatten jüdische Namen, nur sie
war mit diesem Ursula gezeichnet.

Das klang so entsetzlich deutsch, sagte sie.

Sie wartete, bis sie volljährig war, dann nannte
sie sich Majoll.

Komm, sagte sie. Ich zeige dir etwas.

Wir stiegen aufs Dach. Plötzliche Helligkeit, stechende Sonne und Jakobs Pflanzen, die die Köpfe hängen ließen, wenn sie nicht schon ganz braun und verdorrt waren.

Majoll führte mich zu einem der Kästen und deutete auf ein unscheinbares blaues Blümchen, das sehr widerstandsfähig sein mußte, denn es war das einzige in dem Kasten, das blühte, alles andere war eingegangen oder hielt matt an einem Restchen Leben fest, nur dieses strotzte blau leuchtend in der Sonne.

Das ist eine Majoll, sagte sie. Willst du noch einen Kaffee?

Und dann waren wir wieder beim Thema.

Höchstens noch die Japaner, sagte Majoll.

Wir sprachen darüber, welche Eigenschaften *es* möglich gemacht hatten. Pflichtgefühl, Ordnungsliebe, Sauberkeitswahn.

Majoll war nur einmal in Deutschland gewesen, damals, als wir uns kennengelernt hatten, wollte begreifen, wissen, fragte wie ein lernbegieriges Kind. Ich versuchte zu erklären, als wäre das meine Pflicht und Schuldigkeit, als hätte sie mich eingeladen, weil ich in ihren Augen *die Deutsche* war, eine, die vielleicht Antwort geben konnte auf die Frage nach dem Warum.

Gründlichkeit, Genauigkeit, Pünktlichkeit. Bis zum allgemein als Tugend betrachteten Gehorsam kamen wir gar nicht. Ich verhedderte mich in meinen Beispielen, Majoll sah mich geduldig an mit ihren schwarzen Katzenaugen. Ich fing an, in mir herumzuflitzen, auf der Suche nach irgendeinem Ausweg. Wir schwiegen. Ich versuchte, mich damit zu beruhigen, daß die Küche da war, der Küchentisch verkrümelt, das Obst auf dem Teller, und die Tassen hingen an der Wand, jede an ihrem Haken.

Die Japaner, sagte Majoll sachlich, haben diese Treue auch. Nibelungentreue. Samuraitreue.

Ich fühlte mich als eins von den eingegangenen Pflänzchen oben auf dem Dach. Majoll sprach von dem Prozeß gegen einen, den man *den Schlächter* nannte. Der Prozeß war im Rundfunk übertragen worden. Majoll hatte sich alles angehört, tagelang, von morgens bis abends, saubermachen und Radio hören. So eine saubere Küche hatte ich noch nie, sagte Majoll. Der Körper muß sich bewegen, die Hände etwas tun. Putzen und zuhören.

Hören von den aufgeschlitzten Bäuchen schwangerer Frauen. Der Kühlschrank summte, und auf dem Dach bellte Abba. Wir saßen da wie zwei Übriggebliebene. Fremde. Frauen. Bauch. Kind drin. Und kann jemand kommen und auf- schlitzen und das Kind rausholen. Und weiter- leben, einfach so, ganz normal, als wäre nichts gewesen, sein Bierchen trinken, gut schlafen, im Pyjama in der Wohnung herumschlurfen.

Wir saßen einander gegenüber, und ich war die Deutsche, die sich auskennt in jenem Land, in dem das Unbegreifliche geschah, die ihre Hei- mat teilte mit diesem Mann. Daniel kam. Wieder und wieder. Stören, wie das seine Art war. Er konnte es nicht ertragen, wenn zwei Menschen miteinander beschäftigt waren. Nie machte er sich so bemerkbar, wie wenn er der Dritte war. Sonst tat er oft, als wäre er nicht da, tat, als hät- te er nicht gehört. Oder er sagte *den* Satz, sei- nen Satz: Ich will nicht.

Bestimmt und ohne besondere Betonung.

Eine einfache Feststellung.

Eine nüchterne Botschaft von seiner einsamen Insel.

Zieh Schuhe an, sagte Majoll.

Daniel ging fort und kam wieder und hatte keine Schuhe an.

Ich hab dir doch gesagt, du sollst Schuhe anzie- hen.

Als Deutsche sitze ich da, als sozusagen Sachver-
ständige, die sich verpflichtet fühlt zu erklären,
was nicht zu erklären ist. Eine dünne Decke von
vernünftigen Worten über die Leichenberge. Da
hinein tappt immer wieder das Kind. Barfuß.

Zieh dir Schuhe an. Ich sag es nicht noch einmal.

Das Kind geht, das Kind kommt.

Wo ist dein Pullover?

Das Kind mault. Es weiß nicht, wo sein Pullover
ist. Und zieht wieder ab, ins Wohnzimmer, wo es
weiternörgelt.

Ani marbizlecha hajom.

Seitdem weiß ich, was *schlagen* heißt.

Die Mutter sagt es als Drohung, als etwas, das
geschehen könnte, wenn – aber dann springt sie
auf wie jemand, der eine Eingebung hat, einen
Einfall, der augenblicklich in die Tat umgesetzt
werden muß.

Jetzt.

Ich schlag dich.

Aufspringen wie ein Raubtier, das ein Opfer vor
Augen hat. Und schon ist sie im Zimmer. Ich höre das rhythmische Schlagen und die fremde
Sprache, verstehe kein Wort, weiß aber doch,
was sie sagt.

Willst-du-das-noch-mal-tun?
Ich höre Schlagen und Heulen.
Willst-du-?
Schweigen.
Schlagen.
Endlich die kleinlaute Stimme des Kindes.
Der Vater kommt hinzu.
Ich schäme mich entsetzlich. Ich möchte in den
Boden versinken, mich in Luft auflösen, nicht da
sein. Die Scham, da zu sein, macht, daß ich mich
innerlich winde, aber ich finde kein Schlupfloch.
Ich stehe auf und fange an, das Geschirr zu spü-
len. Irgend etwas tun. Wenigstens spülen.
Nicht hinsehen, mit dem Rücken zum Zimmer
und dann doch umdrehen.
Das Kind schluchzend in Vaters Arm.
Aus irgendeiner Ecke, von irgendwoher schießt
die Mutter hervor, rennt, schnell wie eine Spin-
ne, auf das Kind zu und tritt mit aller Kraft gegen seinen Leib, als ginge es um ihr Leben.

15,-